ミナ
レイジ
ノエラ

CHARACTER
エジル
ビビ
ポーラ

CONTENTS

チート薬師のスローライフ6

～異世界に作ろうドラッグストア～

ケンノジ

BRAVENOVEL
ブレイブ文庫

1　コラボ商品

店番を頼んでいたはずのノエラがいない。

朝食のときは隣にいたのに。

「ミナー？　ノエラどこ行ったか知らない？」

「ああ、ノエラさんなら冷蔵庫のところに……」

冷蔵庫とは名ばかりのでかい鉄製の箱だ。

【冷却ジェル】を周囲に塗ることで内部をキンキンに冷やすっていう原始的な道具である。

その冷蔵庫は、風通しがいいキッチンのそばにある。

「……」

もふもふな尻尾が冷蔵庫のそばから出ているのが見えた。

「る〜っ……」

冷蔵庫を背にしてノエラが涼んでいた。

最近、たしかに暑い。たまたまそういう気候なのか、そういう季節なのかはわからないけど。

「おい、ノエラ。店番」

「るっ！　あるじ、いつの間に」

「いつの間にって……」

レーくーん！　と店のほうから大声がする。道具屋のポーラが来たらしい。

「また暇つぶしに来たな？」

ノエラにひんやりをもう少し楽しませてあげることにして、おれは店へ戻る。

「何しに来たんだよ？」

「そう邪険にしないでよー。これ」

どん、と葡萄ジュースの瓶をカウンターにのせた。

「冷やしてほしいなぁ？」

冷蔵庫は我が家にしかない特別製のもの。冷却するアイディアはおれが出したけど、箱はポーラを通して職人に作ってもらった。

「わかった。でも、すぐには冷えないぞ。何時間か放っておかないと」

「――じゃ意味ないよっ！　……意味ないよっ！」

カウンターを手で叩き、魂の叫びを二回繰り返した。それほど残念だったらしい。

「ね、レーくん、レーくん。瞬時に冷却されるお薬作ってよぅ」

「おれじゃなくて、魔法使いに頼んだほうが早いぞ、それだと」

こんな田舎には中々いないみたいだけど。

「人が冷たく美味しく飲めるちょうどいい温度にする薬、ちょうだいよぅ」

「そんな都合のいい薬ねえよ」

ううん。とはいったものの、最近妙に暑い。

うちには冷蔵庫があるから、冷たい水や食べ物をすぐに飲み食いできるけど、他の人はそうじゃないんだよなぁ。

「あ。そういや……あっちの世界には、あれがあるな」

これなら、瞬時にとは言わないけど、比較的に素早く常温の飲み物を冷たくできる。

「なあ、ポーラ。ちょっと相談なんだけど」

「何？　エロい話？」

「違う」

おれはカウンターにあったメモとペンを持って、あれこれ図を描きながら、ポーラに説明をしていく。

「はぇぇぇ……なるほどぉ……ふうううん？」

「どうよ、これ。その職人さんに言って作ってもらえたら――」

ポーラの目の中に『儲』って文字が書いてあった。

「いける……！　革命が……起きようとしている」

「んな大げさな」

「おっちゃんに相談してくる」

おれの描いたメモを掴んで、ばひゅうん、と店からポーラは出ていった。

あれが上手くいけば、ポーラの要求通りのことができるはずだ。

冷蔵庫とはまたちょっと用途が違った冷却装置が。

……葡萄ジュース忘れていきやがった。まあ、冷やしておこうか。


数日後。

「レーくん、ちゃお」

「ちゃお」

ポーラが一抱えほどある物体を持ってやってきた。

「試作一号機ができたよん」

形状はミシンに近い。でも、違うところは取っ手がついていることと、その中心には鉄製らしき容器があることだった。

「おれが言ってた通りのやつ!」

デザインは何の指示もしてないけど、肝心なところはまさしくそれだ。

「できるかな?」

「まだ試してないの?」

「せっかくだから、レーくんのところでやろうと思って」

「オーケー。【冷却ジェル】を用意する」

「これが成功すれば……この回転式冷却器をうちの商品にして……高値で貴族に売りつけて……億万長者……むふ。むふふ」

うちの【冷却ジェル】も売れる。ウィンウィンな関係ってわけだ。

現代風に言うなら薬屋と道具屋のコラボ商品だった。

「けど、本当にこんなので冷えるの？」

試作費にいくらかかったのかを聞いて、おれは腰を抜かしそうになった。

「そ、そんなに？」

「まあね……破滅か、億万長者かは、これにかかってる――」

「あとに引けないわけだ……」

そんな額なら、おれにも相談してくれればよかったのに。

「ウチはレーくんのアイディアで億万長者になる！」

清々しいほどの拝金主義お姉さんだった。

うちにある常温の水を鉄製の容器に入れる。あまったそれをポーラが飲んだ。

「ぬるっ……」

と、渋い顔をする。

作業を進め、おれは【冷却ジェル】を鉄製の容器に塗った。

この容器の受け皿のような箱があり、そこにも【冷却ジェル】二個分を使い、準備完了。

「この容器の鉄は、薄いんだろうな」

「それはかなり言って聞かせたから、大丈夫なはず」

「行くぞ？」

ごくり、とさすがのポーラも息を呑んだ。

ハンドルになっている取っ手を握って、くるくると回す。

同じように容器がジェルの中をくるくると回りはじめた。

「おぉぉ……こんなので冷えるの？」

「冷える。――――はず」

改めて訊かれると、ちょっと自信が揺らぐ。

くるくる、としばらく回す。ポーラに代わってもらい、ハンドルを回転させ続ける。

「そろそろかな」

ジェルの中にある容器を取り出す。

「うわ、冷たっ」

どれどれ、とポーラも触った。

「うほ〜〜〜！　冷てぇぇ！」

容器の蓋を取って、コップに水を注ぐ。

目配せをしてきたポーラに、おれはうなずいた。

コップを手に持つ。

「しゅごい、冷たい」

ごくりとひと口飲んだ。

「キンキンに冷えてやがる……！　ほんのちょっとくるくる回しただけなのに！」

おれもひと口もらった。

めっちゃ冷たい。雪解け水みたいに。

「「成功だ！」」

いえーい！　とハイタッチを交わすおれとポーラ。

「……」

じいっとノエラとミナが、奥からこっちを覗いていた。

気になるらしい。

「ノエラとミナもやってみ。めっちゃ冷たくなるから」

「の、ノエラ、これ冷やす」

昨日ミナに買ってもらったオレンジジュースだった。でも冷蔵庫がいっぱいだったので、泣く泣く常温保管していた。

「やってみ」

「る！」

とくとくとく、と容器に注ぎ、ハンドルを目いっぱい回しはじめた。

くるくる、とかなんて可愛い擬音じゃなくて、ギュンギュンと凄まじい音を立てはじめた。

「ノエラさん、そんな力いっぱいしなくても――」

「ノエラ、『キンキンに冷えてやがる』したい！」

そこかよ。

「モフ子、ストーップ！」

おれの声でようやく手を止めたノエラ。やり方を教えていると、

「あれ？　ジュース出てこねぇ」

逆さにしても、液体は出てこない。

「ジュース、消えた……」

ガガガーン、とノエラがショックを受けていた。

「もしかして」

とんとん、と容器を叩くと、さくっとオレンジ色の物体が出てきた。

「しゃ、シャーベットになってる!?」

無言のままノエラが目をキラキラとさせていた。

「すごいですぅ！　シャーベット製造器だったんですね！」

「いや、違うんだけど……目いっぱいやるとそうなるってことかな」

「レーくん、これはもう、勝ち確ですわ。職人を増やして大量生産……！　そして億万長者……！」

ふははははは、と大笑いをしながら、ポーラは店を出ていった。

キリオドラッグにも回転式冷却器を置くことにして、来るお客さんに説明をしていった。

でも、値段が高くて、「ちょっとこれじゃ買えないな……」と曇り顔をされた。

お値段、一個三五万リン。

素材費、職人の人件費、諸々込みだとどうしてもこうなってしまう。

それはポーラのほうでも同じらしく、値段のせいで売上はほとんどなかったらしい。

まあ、仕方ねえよなー。って思ったところに、エレインがやってきた。

「レイジ様、これは何ですの？」

おれが言うよりも先に、ノエラが説明をはじめた。

「マキマキ、見る。くるくる。回す。冷たい」

「？？？」

まったく説明になってなかったので、試しに作りながら用途を教えると――、

「すごいですわぁー！　冷たいですわぁぁぁぁ！」

「ジュースでも水でも酒でも冷やし放題。――そう、【冷却ジェル】があればな」

ふんふん、とノエラがうなずいて援護してくれる。

「買いますわっ！　わたくしの屋敷にも是非ほしいですわっ」

るんるん、とエレインは即金で支払って持ち帰っていった。

エレインの口コミのおかげもあり、貴族内では冷却器が話題となり、遠方からわざわざ買い求める貴族が増えていった。

それがキリオドラッグを知るきっかけになって、色んな薬が飛ぶように売れたのだった。

2　改良されてゼロに

今日もノエラにできたてポーションを渡す。

「るー。るー。るー」

ご機嫌にそれを飲むノエラを見て、ふと思う。

今のところ、誰もこのポーションに文句を言うことはない。

ていうか、元々ゴミの味がしただの、変なにおいがしただのと言われていたくらいだから、おれのポーションは相当ありがたがられた。

「……」

瓶を逆さにして、瓶底をとんとんと叩いて、最後の一滴まで飲みつくそうというノエラが、おれの視線に気づいた。

「あるじ、どした。あるじも、飲む？」

「ううん。大丈夫」

首をかしげるノエラに尋ねてみた。

「ノエラ、そのポーションに何か不満とかない？」

「ない」

ノエラ、これ好きだもんな。

「でも、ある」

「え、何？」

「美味の味が、過ぎる」

美味すぎるってことね。

もふもふ、と頭を撫でて、おれは店に顔を出した。

「オイ、女！　今日も貴様、先生のポーションを買いに——」

「んだよ。いいだろ、別に」

エジルが、目を吊り上げながらアナベルさんの接客をしていた。

「『女』じゃねえだろ」

ぐいっと耳を引っ張った。

「あでででで!?　せ、先生!?　お、おはようございますッ」

「うん。おはよう。アナベルさんも、おはようございます」

「おう……おはよう」

ポーション五本を胸に抱くアナベルさんは、それをカウンターに置いた。

この人もこれなしじゃ生きていけないくらいに大好きだ。

「五本で六〇〇〇リンだ！　貴様にそのような財力があるとは思えないが」

「うるせえな。懐具合を心配される覚えはねえんだよ」

財布からお札を六枚抜いて、アナベルさんはエジルに渡す。

「ああ、空き瓶、いつもみたく店の外置いてっから」

「助かります。ありがとうございます」

いいって、いいって、と、店を出ていこうとするアナベルさんに声をかけた。

「あの、アナベルさん？　ひとつ教えてほしいんですけど」

「ん？」

「ポーションに、何か不満とかないですか？」

「あー……不満、ねぇ……そんなもんねえよ」

「……そうですか」

改良できればいいと思ったけど、今のもので十分満足しているようだ。

アナベルさんは何か思い出したように、ぱちん、と年頃の女の子みたいに手を合わせた。

「ひとつだけ言っていいなら」

「はい。何ですか？」

「美味いってことくらいかな」

ノエラと同意見か。

「いいところじゃないですか」

「よくも悪くもあるんだよ」

じゃあな、とアナベルさんは店をあとにする。

美味いってのは悪いのか？

おれが首をかしげていると、エジルがふむふむ、と納得したようにつぶやく。

「たしかに、美味すぎるのは問題かもしれません……」

「どうして？」

「余も、はじめて口にしたときは、腰を抜かしました。このようなものがニンゲンの世界に存在するのかと。ちょっとチビったくらいです」

「最後の情報必要？」

「余は、これでも王です。甘味は望めば食べられますが、下々の者がそうではないことくらい存じています。ノエラさんも、あの赤い女もそうですが、甘いというのは、一種の中毒性があります」

おれも甘い物……お菓子や果物全般は好きだ。中毒性があるって言われると、言葉が強すぎるので首をかしげてしまうけど、好きで好きでやめられないっていう意味では、そうなのかもしれない。

お菓子は、都会に行けば売っているらしいけど、田舎町レベルではほとんど売ってない。

開発した【シロップ】が砂糖代わりに売れまくっているくらいだから、みんな、甘い物に飢えているんだ。

「余が何を言いたいのかと言うと、ポーションがここまで美味しい意味はないのです」

「んー。一理ある」

外傷に効いたり血止め効果があるのが、うちのポーション。

飲みやすいに越したことはないけど、あくまでも薬。美味しい必要はない。

一瓶一二〇〇リン。薬だと思えば妥当な値段だけど、ノエラやアナベルさんみたいにジュースとして飲みたいっていう人にとっては、高い値段だ。

「万が一のとき、ジュースとして飲んでる人の手元にポーションがあっても仕方ないもんな」

「はい。そのせいでポーションが品薄では、本末転倒かと」

「……そうか。そういうことなら……」

おれが考え込むように黙ると、エジルが尊敬の眼差しをむけてきた。

「先生……何か、思いつかれたのですか！」

「まあ、そんなところ。ちょっと店番頼む」

「任せてください！」

エジルは、ノエラ関係だとまるでダメだけど、真面目な話の相手や仕事の話だといい相談役になってくれる。

ぽんぽん、とエジルの肩を叩いて、おれは創薬室に入った。

「現代では、あの手法ってポピュラーになりつつあるんだよなぁ。だから……あれをこうすれば……」

作ろうとしている方針に従って、創薬スキルが素材と手順を教えてくれる。

それ通りに作っていくと、すぐに出来上がった。

【ゼロポーション：止血効果があり、外傷によく効く。ゼロカロリー】

見た目はポーションとほぼ一緒。

ひと口飲んでみると、全然違った。

「味のある水を飲んでるみたいだ」

ほのか～に甘さを感じるけど、従来のポーションほど甘くはないし、比べると、こっちのほうが後味がよりスッキリしている。

一本を作る材料費は、【ゼロポーション】のほうが手頃で安い。

「効果は変わらないダウングレード版ってことにするか」

【ゼロポーション】略してゼロポの値段を、八〇〇リンに設定しておこう。

すんすん、すんすすすすん、と鼻をひくつかせたノエラがやってきた。

「あるじ、またポーション作った？」

「これ。新作」

「るっ♪　ノエラ、飲む」

渡してあげると、両手に瓶を持ったノエラがぐいっと呷った。

どんな反応するんだろう。

「……」

飲み終わると、何か言いたそうにおれを見つめてくるノエラ。

「あるじ、ドンマイ」

「何でドンマイ？」

「失敗、みんなする。誰にでも、ある」

それでこっちを見つめてたのか。

「失敗してねえから」

「るう？」

「そういうポーションなんだ」

「味、しない。美味の味、違う」

「そんなふうに、好んで飲む人が買わないようにしたんだ」

「ノエラ、いつものほう、好き」

「てことは、成功だな」

「る？」

話が見えないノエラが首をかしげた。

『効果は同じ。甘くないゼロポーション　値段八〇〇リン』という説明書きを添えて、おれは数本作ってゼロポを棚に置いた。

「先生……薄味を試作されたのですか。しかもこちらのほうが安い。その着眼点、さすがと言わざるを得ません」

「薄味っていうより、薄々薄味って感じだけどな」

ゼロポを店頭で販売しはじめて数日。

効果が同じなら――ということで、値段が安いゼロポ派の人と、やっぱりあの味が好きというノーマルポーション派にわかれることになった。

「なあ、薬屋……このゼロポーションとかいうの、あんま美味くねえんだけど……」

アナベルさんも、ゼロポの評価は低いものだった。

「けど、傭兵団の買い出しとしちゃ……こっちなんだよなぁ……」

苦渋の表情で、安いゼロポに手を伸ばしたアナベルさん。

傭兵団こそ、大量に必要だからな。

美味いからって飲みまくって団員たちから苦情を寄せられていたし。

「今度から、団の予算からじゃなくてアタシのポケットマネーで買うしかねえ……」

ノーマルポーションに対する執念が半端じゃないアナベルさんだった。

それから、ノーマルポーションの売上が少し落ちて、その分ゼロポが売上を伸ばした。

「この値段なら、常備薬として二、三本置いておける」

「あっさりしてて前よりも飲みやすくなった」

っていう声が届いた。

甘い味が苦手っていう人が一定数いるんだよな。自分がそうじゃないから忘れがちだけど。

そんな人には、このゼロポは、飲みやすいとかなり好評だった。

こうして、うちのラインナップがまた少し強化されたのだった。

3　シャボン玉、空高くどこまでも

定休日の昼過ぎ。

おれがリビングでのんびりと日向ぼっこをしていると、キッチンから歓声が聞こえた。

「ノエラさん、ほらほら、虹の玉ですよ！」

「るっ、るっ！」

「あ〜。触ったから消えちゃったじゃないですか」

「もうひとつ。ミナ、もうひとつ」

何を騒いでいるのかとキッチンを覗くと、流しの前でミナと隣にいるノエラが洗剤を泡立てていた。

虹の玉……。

触ったから消える……。

ああ、シャボン玉を洗剤で作ろうとしてるのか。

「シャボン玉って、面白いよな」

おれが二人に話かけると、不思議そうにこっちを振り返った。

「しゃぼん、だま、ですか？」

「しゃぼぼん？」

ミナとノエラが順番に首をかしげる。

「あれ、シャボン玉って知らない？」

そうか。異世界にはないのか。

「あるじ、しゃぼぼん、作れる!?」

ノエラが目をキラキラに輝かせ、ぐいぐいとズボンを引っ張った。

「しゃぼぼんは、結構簡単に作れるぞ」

「触っても、壊れない？」

「そりゃ壊れるよ。なんつったってシャボン玉だからな」

儚いんだよ、シャボン玉っつーやつは。

おれがきっぱりと言ったせいか、ノエラがしゅんとしている。

「しゃぼぼん、あるじでも、難しい……」

液につけて、ふーってやったこともないんだろうな、ノエラは。

リビングでだらだらしているくらいだし、いっちょ作ってみるか。

「オーケー、わかった。おれに任せろモフ子」

「さすが！　あるじ、さすが！」

もふ、もふもふ、と尻尾を振っておれを賞賛するノエラだった。

「レイジさん、虹の玉が作れるんですか？」

シャボン玉未体験は、ミナも同じだったようで、期待に目を輝かせている。

「ミナにもシャボンさせてあげるから、ちょっと待ってて」

「はーい！」

二人の期待を一身に背負ったおれは、必要な材料を集めて創薬室へ入る。

ただのシャボン玉の液ならそこまで難しくないし、触っても割れないシャボン玉の液もそこまで特別な素材を必要とはしなかった。

【しゃぼぼん液：シャボン玉を作るための液体。なかなか割れない】

よし。できた。

あとは、ストローの先端に切れ込みをいくつか入れて、途中にも小さな穴を作って……。

「試してみるか」

くわえたストローを【しゃぼぼん液】につけて、空中めがけてふぅーっと吹く。

すると――。

ほわわわ、ほわわわわわわ、と虹色のシャボン玉がいくつも創薬室に浮かんだ。

「成功だ」

何年ぶりだろう。シャボン玉作るなんて。たぶん子供のときにやった以来かもしれない。

「るー！　しゃぼぼん、できてる！」

たぶん、ずっと気になっていたんだろう。ノエラがぶんぶんと尻尾を振りながら扉から中に入ってきて、俺が作ったシャボン玉にべし、べし、と触っていく。

「あ。こら。そんな勢いよく触ったら割れるだろ」

って言ったものの……全然そうはならなかった。

「あるじ、すごいっ。割れない！」

ノエラが触ったシャボン玉は、宙に浮くボールみたいに、ふよーん、とのんびり飛んでいき、別のシャボン玉にぶつかった。跳ね返ってきたシャボン玉を、今度は尻尾で打ち返す。

「るっ」

ふよん、ぽよん、とシャボン玉同士がぶつかりあってあちこちに飛んでいく。

まじかよ。全然割れないんだな。

「あ～！　できたなら教えて下さいよ～！」

様子を見に来たミナも中に入ってくると、シャボン玉をつついて遊びはじめた。

「シャボン玉の楽しみ方ってそうじゃないんだけどな」

おれは苦笑しながら、目の前に飛んできたシャボン玉に狙いを定めた。

こうすればさすがに割れるだろう……と思って蚊を叩く要領でシャボン玉をパチンとやる。

一瞬、ふよん、と弾力を見せたものの、思った通り割れた。

これくらい耐久性があるなら、触って割れないのも納得だ。

「外に行こう」

俺が提案し【しゃぼぼん液】とストローを持って家の外に出る。

「シャボン玉は、こうやって作るんだ」

ついてきた二人に、俺はさっき自分でやったのと同じやり方をして見せた。

「るっ、るっ！　いっぱい！　しゃぼぼん、いっぱい！」

ノエラにストローを渡して、同じようにストローを吹くと、ぷくっとでかい球状のシャボン玉ができた。

「でかっ」

「うわぁ～。ノエラさんの、おっきいですね」

風に乗って空高く舞い上がって流されていくシャボン玉。

おれたちはそれを見上げていた。

いやぁ、シャボン玉ってのはいいもんですなぁ……。

うんうん、と好々爺みたいな顔でしみじみとうなずくと、ノエラがおれの袖を引っ張った。

「あるじ。ノエラ、あれ、入りたい」

「入りたい？」

「そしたら、飛んでいける！」

「そんなバカな……」

割れにくくしたシャボン玉に入ったりすることはできても、同じように浮いて飛べるなんて、そんなのファンタジーすぎやしないか？

……異世界に来てしまったおれが言うのもアレだけど。

「できますよ、きっと！」

ちびっ子の夢を壊さないミナだった。

「じゃあ試してみようか」

どうしてもとノエラが聞かないので、大きなシャボン玉を作るために、針金を用意して、【しゃぼぼん液】を料理用のバットに注ぐ。

針金をU字にして【しゃぼぼん液】を浸す。

「いいか、ノエラ」

「どんとこい！」

針金を持ち上げ、ノエラの頭から被せるように動かした。ノエラの頭から足下をシャボン玉が覆う。

割れるか消えるかするんだろうなーって思っていたら、ノエラが小さくジャンプする。すると、足下もシャボン玉で繋がり楕円形のノエラ入りシャボン玉ができあがった。

「るー♪」

「すごいですー！　ノエラさん浮いてますよ！」

「シャボン玉の中って重力ないの？　し、信じられねえ」

それともこれが【しゃぼぼん液】の力なのか……？

中にいるノエラがつんつん、と触っても割れる気配がない。でも思いっきりやれば割れそう。

風がそよそよ、と吹くと、ノエラ入りシャボン玉が空に浮かんで風で流されていく。

「シャボン玉ってすごいんですね、レイジさん」

いや、こういうものじゃないんだけどな、シャボン玉は。

「ノエラー？　危ないから戻ってこーい」

と声をかけたものの、シャボン玉の中にいるせいか、聞こえていないっぽい。

風がまた吹くと、ノエラ入りシャボン玉はまた空に高く上がっていき、どんどん流されていく。

おれとミナはそれを微笑ましく眺めていた。

「「…………」」

……シャボン玉、どこまで行くんだ？

手を離してしまった風船みたいに、どこまで飛んでいきそうなんですけど。

「れ、レイジさん……の、ノエラさん、大丈夫なんでしょうか……？」

もし割れてしまえば、さすがのノエラも無事では済まないはずだ。

「だ、大丈夫じゃ、ないかもな……。ぐ、グリ子――！」

おれは飛ばされていったノエラをレスキューするべく、グリフォンのグリ子がいる厩舎へ急いだ。

その背に乗り、大慌てでテイクオフ。

バサバサと翼をはためかせたグリ子の飛行能力の前では、風に流されるだけのシャボン玉なんて勝負にならなかった。

シャボン玉の横に並び、「危ないからこっちに移って」とおれはノエラに言う。

空中遊覧を十分楽しんだらしいノエラが、こちらに手を伸ばす。それを掴んでおれの後ろに乗せた。そのときにようやくシャボン玉が割れた。

はぁ、びっくりした……。

耐久力高すぎるだろ、あのシャボン玉。

「あるじ、ノエラ、空飛んだ」

「飛んだっていうか、飛ばされたっていうか」

「もう一回、もう一回」

「危ないから、中に入るのは禁止」

「るっ!?」

「そういう遊び方をするもんじゃないんだよ」

グリ子が旋回して高度を下げていくと、キリオドラッグが見えてきた。

そこでは、ミナがストローを使ってたくさんのシャボン玉を作っていた。

「本来はああして遊ぶもんだから」

「るぅ……」

納得いかなそうなノエラだった。

「あるじ。今度、空を飛べる薬、作って」

創薬スキルが反応して、素材と製作方法をおれに教えてくれた。

「そんなのでき……なくはないんだよな……」

作らないけど。

おれはこうしてノエラを無事に連れ帰ってこられた。


【しゃぼん液】はシャボン玉が作れる液体として売り出した。

まずシャボン玉とは何なのか、というところから説明をしていく必要があったけど、ちびっ子に大人気となった。

中に入れば空が飛べる……なんてことにならないように、液はかなり薄めて販売をしていったのだった。

4　シュワシュワ

とある昼下がり。

そういやこっちに来てからあるものを飲んでないことを思い出した。

こっちにあるわけもないし、どうしたもんか……。

「レイジくん、どうしたの」

むむむ、と考えているおれに、バイトのビビが話しかけてきた。

「あ。ビビなら何かわかるかも」

「何？　ボクでいいなら力になるよ！」

相談に乗れるのが嬉しいらしいビビが鼻息を荒くしている。

「アレなんだけどさ――」

と、おれは現代で通用する単語で説明すると、ビビにもピンときたようだ。

「ソレは、たしかに、あるにはあるよ」

「おお。さすが、湖の妖精」

「精霊だってば。何回間違えたら気が済むんだよ」

もぅー、とビビが唇を尖らせる。

おまえのその反応が面白い間は、おれは何度でも繰り返すぞ？

と、思っても口にはしないでおいた。

「でもね、レイジくん。ソレがあるのってかなり山奥だから、行くのは大変だと思うよ？」

「ビビの力でなんとかなんないの、そこんところ」

「どうにもできないよ」

そう言うと、はっとビビが何かに気づいた。

「ど、どうにも、で、できないからって、ボクをクビにしようとしてるんじゃ……」

「ねえよ。そんなの鬼すぎるだろ。横暴上司になった覚えはねえ」

よかったぁ、とビビは胸を撫でおろす。

こんなふうに雑談をできるくらい今日は暇だ。ノエラなんてカウンターでがっつり寝てるし。

「ノエラちゃーん。起きてー？　お仕事中だよー？」

「るぅぅぅ……」

気づいたビビがノエラを揺するけど、すやすやと健やかに眠っているノエラ。

この店が毎日忙しいかと言われればそうじゃない。

定期的にポーションを求めてやってくる傭兵団のアナベルさんやあと何人かがいるくらいで、その人たちが帰れば、来客はまばらだったりもする。

で、今日はとりわけ暇なのだ。

「今日はもう閉めようか」

「えっ。ぼ、ボク、今日のシフトを楽しみにしてたのに……、も、もう終わりなの？」

山の湖から出勤するビビは、普段人と触れ合わないせいか、ここでの時間を楽しみにしているようだった。

「アレを探しに行こう。グリ子もいるし、移動には時間がかからないだろ」

「い、行くー！」

おー、とビビが拳を突き上げると、ノエラがようやく目を覚ました。

「るう？　あるじ、どした？」

「アレを探しに行くんだ」

「アレ？」

首をかしげるノエラ。

寝てたから話は聞いてなかったんだろう。

おれは事情をミナに話し、出かける準備をしていった。

「レイジさん、そんなものがあるんですか？」

「飲んだらびっくりするよ。絶対」

「危ない飲み物なんでしょうか……？」

想像がつかないらしいミナは不思議そうだった。

おれもはじめて飲んだときの衝撃はすごかったからな。

そのリアクションを想像するだけで、ちょっとおかしくて笑いそうになる。

「じゃあ、ミナ。留守を頼む」

「はーい。お任せください。て言っても、今日は誰も来そうにないですけどね」

もし緊急の来客があっても、ミナなら上手く対応してくれるはずだ。

家事も店番もきちんとこなしてくれるミナは、非常に助かる存在だった。

鞄に必要なものを入れて、準備完了。

急いでミナが作ってくれたサンドイッチも持ったので、少々遅くなっても空腹で困ることはないだろう。

グリ子を厩舎から出して、おれたちはその背中に乗り、ビビの案内に従ってグリ子に飛んでもらった。


ビビが噂を聞いたとされる山の奥にやってきた。

「こんなところにあるのか」

現代では自販機に絶対あるんだけどな。

「レイジくん、わざわざこんなところまで汲みにくるようなものじゃないよ？」

わかってないな、この精霊様は。

まあ、それだけじゃ味気ないのはたしかだけどな。

「る？　る？」

話についていけないノエラが、おれとビビを見た。

「あるじ。内緒話、ダメ。ノエラにも、教える」

「美味の味を探しに来たんだよ」

「ならよし」

終わった。説明、一瞬だった。

道もないような山を歩き回り、小川を見つけて遡っていくと、目的地へと着いた。

「レイジくん、ここだよ、ここ」

ビビが湧き水を指差した。

一見してただの水にしか見えないけど、ビビがそう言うのなら間違いないんだろう。

「あるじ。水。あれ、水」

おれが美味の味を探しに来たって言ったせいで、ハードルが上がりまくったノエラはかなり不満そうだった。

さっそく、湧き水を触ってみる。

うん、間違いない。

「そんなに美味しいものじゃないんだけどね」

「美味の味、違う?」

話をする二人をよそに、おれは汲んだ湧き水を持ってきていた熟成ブドウジュースに入れて割った。

「レイジくん、そのジュースって濃いから美味しいんじゃないの?」

「そうなんだけど、ここの湧き水で割ると——」

アレになる……はず！

湧き水で割ったブドウジュースをひと口飲む。

「あ〜。これこれ〜」

ブドウの香りと口の中で弾けるシュワシュワのあいつ。

「うめえ……」

「るっ!?　美味の味？　美味の味？」

わさわさわさ、とノエラが期待に目を輝かせている。

「飲んでみ」

容器を渡すと、ノエラもすぐに口をつけた。

「るっ！」

普段以上に目が開いてる。めっちゃ驚いてるぞこれ。

「るうっ！」

ごくん、と飲むと心配そうな顔で口を開けた。

「あるじ。口、怪我した。たいへん」

「炭酸飲んだくらいじゃ、怪我しないよ」

「タンサン？」

「そう、炭酸」

刺激が強いからノエラは口の中で何か起きたって思ったらしい。

「そんなに美味しいの？」

半信半疑といった様子のビビが、ノエラから炭酸ブドウジュースを渡され、ひと口飲む。

「ふんわっ!?　な、何これ……美味しいのに、シュワシュワして……癖になるかも」

「だろ」

ここで休憩をすることにして、ミナが作ってくれたサンドイッチを三人で食べる。炭酸ブドウジュースをときどき飲みながら。

「あるじ。ノエラ、この美味の味、すぐ飲みたい」

ここまで来ないといけないっていうのは、たしかに手間だな。

あ…………そうだ。

何で最初から思いつかなかっただろう。

「作れるぞ。これ。創薬室で」

「るー！　すぐ帰る！　すぐ作る！」

「レイジくん、ボクも手伝うよ」

こうして、おれたちはグリ子に乗って、店へとすぐに戻った。

「おかえりなさい～。早かったんですね」

「うん。自分で作れるみたいだから、ちょっと試してみようと思って」

出迎えてくれたミナに説明すると、ぞろぞろとモフ子と精霊を引き連れ創薬室に入る。

手伝いが必要なほどの作業でもないため、ノエラとビビの役割は、味見役となった。

炭酸ジュースって、どうしても飲みたいときが絶対あるからなぁ。

創薬スキルに従い作業を進め、完成した。

【シュワシュワジュース　ブドウ味：ブドウ味の炭酸飲料。甘くて美味しい】

「ノエラ、ビビ。味見」

二つの瓶を渡すと、二人がゴクゴクと飲んだ。

「シュワ美味の味！」

「おいしいよう、おいしいよう……」

おれもひと口飲んでみた。これ、さっき山で作ったやつよりいいかも。

ミナのところへ持っていき、飲んでもらった。

「んんんん!?」

驚いてる、驚いてる。

「れ、レイジさん。何ですかこの飲み物。ブドウのジュースみたいですけど」

「これが炭酸ってやつだ」

「びっくりしましたけど、これはこれで癖になります……」

ミナも気に入ってくれたらしい。

おれは【シュワシュワジュース　ブドウ味】を何本か試作し、翌日やってきたお客さんに試飲してもらうことにした。

試飲して気に入ったら買ってもらうということをはじめると、口コミで【シュワシュワジュース　ブドウ味】はすぐにカルタの町に広まった。

子供でも買えるように値段を設定したのが結果的によかったみたいで、味を覚えた子供たちがほとんど毎日のように訪れるようになっていき、今じゃポーションよりも人気の商品となった。

でも、ノエラだけは「何だかんだで、ポーション」と言ってポーションの良さを再認識する結果となっていた。

5　ついに発生した定番イベント

自分の店が暇らしく、今日もポーラがうちの店へ暇つぶしにやってきていた。

完全に長居するつもりのポーラは、勝手に椅子を出してカウンターの前に座っている。

「ねー、レーくんレーくん。肩揉んでよぅ」

「断る。ポーラは暇かもしれないけど、こっちは色々とやることがあるんだよ」

「ちぇー」

とポーラは唇を尖らせる。

「先生。在庫数のチェックが終わりました」

創薬室からバイトのエジルがチェックシートを持って戻ってきた。

「ありがとう」

「それと、ここ二か月の減少率をまとめたものを用意したので、それも今後創薬する際にご参考いただければ」

「おぉ。マジかよ。助かる」

「いえ」

魔王のくせに気が利くし、かなり仕事ができるエジル。

優秀度合いで言うとミナと同レベルくらいで、おれは店員としてのエジルをかなり信用していた。

ちなみに、ミナとノエラは買い物に出かけている。

「じゃーさ、じゃーさ、エジルくんでいいや。肩揉んで」

「ハッ、笑わせるな。余が尽くすのは先生とノエラさんのみ。思い上がるなッ！　女ッ！」

とまあ、こんな具合で、一方的に好意を寄せるノエラとおれ以外の言うことを聞くことはほとんどない。

魔王だからプライドも高いし、高慢ちきな態度を取ることもしばしばあった。

普通のお客さんにはこんなことはしないけど、ポーラはまあ普通のお客さんじゃないしな。

「へー？　そんなこと言っちゃうんだ？」

にやり、とポーラが笑う。

……何か思いついたな？

「とか言ってさ、エジルくんは、肩揉めないんでしょ」

「フン。オレが揉めないだと？　過小評価も甚だしいな」

あー。なるほど。こうしてデカい態度を逆手に取るわけか。

悪知恵と金儲けのアイディアだけはすぐ思いつくんだよな、ポーラは。

「じゃやってみてよ。もしかして、女の人の体を触るのは、怖い？　気まずい？　恥ずかしい？」

煽るのも上手い。

「ぬかせ！　余はやがて世界を手中に収める王……！　そのようなこと、造作もないわ！」

そして煽り耐性ゼロの魔王、と。

ええっと、エジルの調査書によるとあれが思ったより減りやすくて、これがあんまりで……。

おれが目を通していると、エジルがポーラの肩を揉みはじめた。

「え。何？　もしかして緊張してる？　女の人の体触ってるから？」

んー。煽り能力の高さがうかがえる。言葉のあとに全部草がついているように感じる。

「誰が貴様程度に緊張などするか」

ぐにぐに。

「あー。エジルくん下手だねぇ」

「くッ。ど、どこだ。貴様のツボは！」

「もうちょい下。――ああ、うん、うん。まあまあだね」

「余をどこまで愚弄すれば気が済むのだ……！」

まあまあっていう評価が気に入らなかったらしい。

「クソ。この。ここでどうだ」

ぐにぐに、とエジルがポーラの後ろで肩のツボを懸命に押している。

もう完全にポーラの術中にハマってしまっているエジルだった。

「ねえねえ、レーくんは、肩はこらないの？」

「おれ？　おれは全然」

女の人はよく言うよな。肩こり。

たしか、ミナもそうだって言ってたっけ。

「ないの？　肩こりを治せる薬って」

「あ。この前作ったあれを応用すれば、それに近いものはできるかな」

「え、マジで？　できるの？」

ガタっと椅子から立ち上がったポーラ。

「この、こら！　勝手に動くな」

すぐに肩揉み継続中のエジルからクレームが入った。

「でも脱いでもらうことになるよ」

「えっ。ぬ……脱ぐっ？」

「うん」

ポーラの顔色がどんどん赤くなっていった。

「おい女、貴様……まさか恥ずかしいなどとは言わないだろうな？　先生にあれを作れ、これを作れと言っておいて。貴様の悩みを解決しようとしてくださっているのだぞ」

「う、う、うっさいな！　黙って肩揉んでてよ」

ハーッハッハッハ、と反撃に成功したエジルが高笑いを響かせた。

「すぐできると思うからちょっと待ってて」

店から創薬室に入り、おれはこの前作った【シュワシュワジュース　ブドウ味】の製作過程を少し変えて、新薬を作った。

【シュワ風呂のもと：お湯に溶かすことで炭酸を発生させ、体中の血行を促進させる】

類似商品に【ぽかぽかバブル】があるけど、それよりも炭酸濃度を高めたものだ。


「おーい、できたぞ」

試作品の瓶を持って店に戻ると、まだ肩揉みは続いていた。

いつまで揉ませる気なんだよ。

エジルもエジルで、律儀だよな……。

「うぉ、マジで？　はっや！」

「も、もういいか。余は、余は……握力が……」

魔王、肩揉みのし過ぎでめちゃめちゃヘバってた。

「やめていいぞ、エジル。お疲れ様」

ポーラの座っていた椅子にエジルを座らせてあげた。

お客さんもまだ来そうにないし、店内で休む分には問題ないだろう。

「何、何、どういうアレなの」

「ここじゃ無理だから脱衣所に行こう」

「――レーくんのえっち！」

きゃ、とわざとらしくポーラは顔を手で覆った。

「っていうノリがやりたかったのか？」

「レーくんは一筋縄ではいかないねー」

はいはい、とおれは適当に流し、家の風呂場までポーラを案内した。

「これ、タオル」

「う、うん。ま、マジで脱ぐんだ」

「まあそうだな」

ポーラのことは、異性として全然見ていないので、脱ぐことに対するありがたみみたいなものがあんまりないんだよなぁ。本人は固くなってるみたいだけど。

湯船にはあらかじめ適温のお湯を張っておいたので、すぐ入れるようになっている。

「これをお湯に入れてほしい」

「たったそれだけ？」

「そう。それだけだから。あとで感想教えてくれよ？　使い心地がよかったらまた作るから」

ふーん、と渡された新薬をしげしげと見つめるポーラ。

「レーくんは、誰のお風呂を覗いたときが一番興奮した？　ミナちゃん？」

「覗いたことねえよ。何でその経験があることが前提なんだよ」

「だってうちのも覗くじゃん？」

「覗く前提で話すんなよ。心配しなくても覗かないから」

じゃあな、とおれはポーラを脱衣所に残して店に戻った。

たぶんああいうところなんだよな。異性として見られないのは。下ネタをさらっと言えちゃうあたりとかが。

仕事を再開していると、奥のほうから「ふぎゃぁぁぁぁぁああ!?」と猫の悲鳴みたいな声が聞こえてきた。

「先生、今の声は……」

「化け猫」

「いえいえ。ポーラかと。いきなりすっとぼけないでください、先生」

「炭酸にびっくりしたのかな」

「様子を見にいかれたほうがよろしいのではないですか。仮にも試作したばかりの品です。何かがあってからでは」

「そ、そんな……」

創薬スキルで作った薬でおれが用法を指導した限り事故なんて今まで一度も……。

でも、エジルが言うことにも一理ある。

心配になったおれは、すぐに風呂場へ戻った。

「ポーラどうした？　おーい！」

扉の外から声をかけるけど応答がない。

こんなときに限って頼りになるミナはいないし、中では一秒を争う事態になっているかもしれない。

「い、行くしかない――――！」

意を決して中に入ると、湯船にはポーラがちゃんと入っていて、ばっちり目が合った。

「あ、あれ……？」

【シュワ風呂のもと】が効いた湯船の中では、マグマのようにボコボコとお湯が泡立っている。

「や、やっぱ覗きにきた――――――!?」

「うわぁあ!?　ち、違う、違うんだ！」

ぱっと背をむけておれは浴室から即座に逃げ出した。

「い、いるんなら返事しろよ！」

「したもーん」

ほんとかよ。

クソ。これでポーラに弱みを握られた。ミナやノエラにこのことを言いふらすと脅されれば、おれはポーラの言うことに従わざるを得なくなる。

終わった。破滅だ。

「レーくん、これすごいあったかいよ！」

「え、ああ……それはよかった」

「肩のあたりとか首筋がズゥーンって重かったのに、それが取れたような」

凝っている個所には効果てきめんらしかった。

もっと茶化したりひやかしたりすると思ったけど、思っていた反応と違った。

何だったんだ、あれは。

店に戻ってしばらくすると、風呂上がりのポーラが出てきた。

「またあれ作ってくれたら絶対買うから。よろしくー」

あでゅー、と手を振ったポーラは帰っていった。

ポーラ用……というより、凝りに悩んでいる人のために、おれは【シュワ風呂のもと】をいくつか製作しておいた。

これはミナにも好評で【ぽかぽかバブル】に続く商品としてすぐに店頭に並んだ。


後日、ふわっと噂で聞いた話では、どうやらおれはポーラの罠にかかってしまったらしい。

「なんかさー。『別におまえの裸なんぞなんとも思ってない』って態度がね、アレだったから。ちょっとイタズラしてやろうと思って」

ってケラケラ笑いながら言っていたという。

道理で呼びかけても反応しないはずだ。

幸いだったのは、罠にハメたという罪悪感のせいか、ポーラがおれを覗き魔扱いしなかったことだ。

下心で覗いたんじゃなくて、心配で安否確認のために突入しただけだからな。
そのことを思い出すたびにおれは頭の中で言いわけをするのだった。

6　秘密基地

ノエラが外に柱のようなものを立てている。

家からも見えるし、グリ子の厩舎からもそれほど離れていない場所に、だ。

あれは、何なんだろう。

疑問に思ったので、それとなく注視することにして放っておいたら、次の日には、もう一本似たような場所に柱を立てていた。

これで二本目。

満足そうにノエラは柱を眺めている。

次の日にまた一本、その次の日にもまた一本と柱を立てたノエラ。

一体何をする気なんだ？

イタズラや悪いことじゃなさそうなので、見守っておこう。

「ノエラさん、一体何を作っているんでしょう」

ミナも気になったらしく、ノエラがいなくなったダイニングで【ブラックポーション】を飲みながら尋ねてきた。

「どこかから拾ってきた木材っぽい柱だけど、あんなの、どこから持ってきたんだろうな」

「もうすこし見守ってみましょうか」

うふふ、とミナは笑う。

「そうだな」

と、おれは同意した。

たぶん、ミナはおれと同じで、何ができるのかが楽しみなんだと思う。

その翌日。レジェンド大工のガストンさんが謎の建築現場にやってきて、工具を置いていった。

やっぱり、何か作る気らしい。

おれやミナが注目しているとも知らないノエラは、どこからか引きずってきたシートを広げ、柱に上手く被せていった。

「おぉーい、薬屋さーん」

店舗のほうでおれを呼ぶ声がするので顔を見せると、ガストンさんがいた。

「いらっしゃいませ。今日は【エナジーポーション】ですか？」

「ああ。三本ほど頼むよ」

「かしこまりました」

おれが商品の準備をしていると、ミナがお茶を出した。

「ノエラさんが何をしようとしているのか、ガストンさんはご存じですか？」

ずずず、とお茶を飲んだガストンさんは、カカカと笑う。

「内緒だってよ。工具を貸してほしいなんて言われてな」

「すみません、ノエラがご迷惑を」

「いやいや、いいんだいいんだ。貸したのは予備だからなーんも迷惑しちゃいねえから。けど、内緒ってんなら、もっと内緒にできそうな場所に作ればいいのになぁ」

カカカ、とガストンさんはまた笑った。

たしかにガストンさんの言う通りだ。

この様子だと、おれやミナが尋ねても、同じように内緒って言われて終わりそうだな。

ガストンさんが帰ったころに、トンテンカン、と金づちの音が聞こえはじめた。思った通りノエラの作業音みたいで、一心不乱にシートを釘で柱に打ちつけている。

「怪我しないといいですけど……何を作っているんでしょうね」

なんとなくだけど、おれには予想がついた。もしかすると、ガストンさんも予想できたのかもしれない。

「もしかすると、アレかも。そうだとすれば、まあ、なんとなく気持ちはわかるなぁ」

「え？　レイジさん、わかったんですか？　ノエラさんは何を作っているんです？」

「ただの予想だから、違うかもしれないし」

「えー。そうですか？」

と、ミナは見当がつかないようだ。

女の子のミナにはわからないかもしれないけど、男の子なら全員が通る道と言っても過言ではないアレをノエラは作ってるんじゃないかと思うんだけど、どうなんだろう。

ロマンだよな、アレ。

……ノエラは女の子だけど、アレのロマンに気づいてしまったのかもしれない。

「るっ、るっ、るっ！」

せっせと釘を打ちつけ、シートを固定していくノエラ。

ぼちぼちその全貌が見えはじめてきた。

「やっぱり、おれの予想は当たりみたいだ」

「もぉ、教えてくださいよ、レイジさん」

「たぶん、秘密基地」

「秘密、基地、ですか」

ナゼそんなものを、とでも言いたげなミナだった。

わかってないな、ミナは。

「秘密基地のロマンに気づいちゃったら、作らずにはいられないんだよ」

「……家があるのに、基地を作るんですか……？」

理解はまるで示してくれないミナだった。

そうこうしているうちに、

「るーっ！」

という嬉しそうな声が聞こえ、ぱたぱたと足音がすると、庭のほうから家に入るノエラが見える。物音がしばらくすると、お気に入りのクッションとリュックを背負ったノエラが秘密基地のほうへ尻尾を振りながらご機嫌に戻っていった。

「あーっ！　クッションを持ち出して。汚れるのにー！」

おれは店を出ていこうとするミナを止めた。

「そこはほら。ロマンだから」

「んもう、さっぱりわかりません」

ノエラに理解を示せば示すほどおれがミナに怒られるこの構図なんなんだろう……。

秘密基地の中でごそごそと何かしているかと思えば、店のほうにノエラが顔を出した。

「あるじっ。来る！」

「え。何、何」

「いいから。来る！」

上機嫌におれの腕を引っ張ってノエラは秘密基地のほうへおれを連れていった。

「これ。ノエラの家」

テッテレー、と効果音でも出そうなほど、誇らしげにノエラが紹介をしてくれた。

やっぱ作っちゃうよな。秘密基地。

「すげーじゃん、ノエラ」

ノエラを褒めると、むふーと得意そうに鼻息を吐いた。

「入る。入る」

がさっとシートをめくって、ノエラが中に招待をしてくれる。

「お邪魔しまーす」

ノエラの家は背が低かったので中腰で入ることになった。中は一畳くらいしかないけど、この狭さがいいんだよなぁ。秘密基地って感じがする。

いつの間にか用意していたらしい藁がカーペットの代わりに敷かれていて、お気に入りのクッションとノエラのリュック、隅にはポーションの空き瓶が三本並べられている。

「あるじ。座る」

「え？　ああ、うん」

藁の上に座っていると、ゴソゴソとリュックをノエラが漁る。

「これ、飲む」

差し出されたのはポーションだった。

「うん、ありがとう」

「るっ」

……もしかすると、ノエラなりにおれをもてなしてくれてるのかな。

「ノエラ、今日ここで寝る」

「風邪ひくぞ？」

「大丈夫」

本当かよ。

ノエラに自分の部屋はなく、ミナと一緒だ。だから自分の部屋がほしかったのかもしれない。

「るーるーるー」

すげー機嫌がいいぞ。

自分の部屋っていうより、自分で作った自分の空間がほしかったのかもな。

「ご飯はどうするの」

「ここで食べる」

「ミナにそれ言わないと」

「る、る……」

なんとなくどうなるか想像がついたのか、ノエラの表情がちょっと固くなった。

日が暮れて、外を覗いてみるとミナが閉店の作業をしていた。ミナ一人に任せるわけにもいかず、おれはノエラの秘密基地を出ていった。

「ノエラさん、あそこで何をしてるんですか？」

「何をしてるっていうか……」

正確には何もしてない。

あそこに何があるわけでもないし、家じゃできないことなのかって訊かれれば、家でも普通にできることが全部だ。

でも、自分で作った場所っていう愛着もあるし、あそこがいいんだよなぁ。

「わたし、晩ご飯の準備をしてきますね」

「ああ、うん。ありがとう」

閉店作業をおれに任せて、ミナはキッチンのほうへ行った。

ノエラは、商品にもなった【ワンタイム・ライト】……塗った部分を光らせる薬を持っていっているらしく、うっすらとシートの中に明かりがあるのがわかる。

「一晩中あそこにいる気だな？」

やれやれ。

閉店作業を終わらせたころには、キッチンからいいにおいが漂ってきて、もうすぐ夕飯ができることを教えてくれている。

ノエラの秘密基地を見守っていると、においに釣られたのか、ノエラが出てきた。

「ノエラ、あっちで食べる」

「こっちで食べてあっちに戻ればいいだろ？」

ふるふる、と首を振って、ノエラは聞き入れる気はないようだ。

ダイニングに行くと、ノエラはミナが用意した夕飯をトレイにのせようとしているところだった。

「ここで食べてください」

「ノエラ、あっちで食べる」

「ダメです」

「るぅぅぅ」

「ご飯はちゃんとここで食べてください」

「……じゃ、ノエラ要らない」

不貞腐れたノエラは、ぷい、と背をむけて秘密基地のほうへ戻っていってしまった。

「お腹空いても知りませんからねー？」

ミナが呼びかけたものの、ノエラは何の反応も見せることなく秘密基地にこもってしまった。


ミナは困ったような顔をしている。

「腹が減ったら、こっちに戻ってくるだろうから大丈夫だと思うよ」

「そうでしょうか……。わたし、強く言い過ぎたかもしれません」

ノエラは、あれで言いはじめたら聞かないところがある。

だから今何か言っても聞く耳を持ってくれないだろう。

秘密基地に一人でひっそりと暮らすっていうのは、ちょっと憧れるところがあるけど、現実的に無理だということはすぐにわかるはずだ。

いつもより一人少ないテーブルで夕食を食べていると、ビョォ――――、といつの間にか風が強く吹きはじめていた。

「ノエラハウス、大丈夫かな」

もう真っ暗な外を覗くと、ノエラハウスは健在で、中にはうっすらと明かりが灯っている。

「レイジさん、秘密基地っていうのは、そんなに楽しいものなんでしょうか？」

「楽しいっていうか、なんだろう……」

うーん、とおれは考える。

「上手く伝わるかわからないけど——。……大人になった感じって言ったらいいかな。普段はあれこれミナやおれに言われるけど、あそこにいるときだけは誰も自分に何も言わないから。入れるってわかった屋根裏みたいな感じかな」

「なるほど……屋根裏ですか」

これにはミナも覚えはあるらしく、ようやく納得してくれた。

「でも、ご飯を拒否することないじゃないですか」

せっかく作ったのに、とミナも少し拗ねていた。

「あとでノエラに言っておくよ」

そうしている間に、風はどんどん強さを増していっている。

そろそろ帰ってくるように言おう。何が飛んでくるかわかったもんじゃないし。

心配になったおれが外へ向かおうとすると、るー!? という声がうっすらと聞こえてくる。

「もしや……」

と思って外を覗くと、ノエラハウスは倒壊寸前。

「ぜ、全然大丈夫じゃねえ!?」

バサバサバサッ、とシートが風で煽られ、柱の一本は完全に倒れ、ノエラがもう一本をどうにか支えて全壊をまぬがれている状況だった。

「あー!?　大変なことになってますー!?」

ついてきたミナも驚いていた。

おれたちは慌てて外に出ると、ノエラのところへ向かった。

「ノエラ」

「あるじっ！　大変！」

「でしょうね」

「ノエラさん、ここを支えておけばいいんですね？」

「る！　そう、ミナ、頼む」

「はい！」

危ないから家に帰ってこい、とミナは言うかと思ったけど協力的だった。

「あるじ、柱、一緒に」

「おう。任せろ」

完全に倒れている一本をおれとノエラで直したものの、すぐにまた倒れそうになるので、結局おれが抱き着いて座ることで安定した。

「あぶなかった」

一難去った、とでも言いたげにノエラが汗をぬぐう。

いつ飛ばされてもおかしくないノエラハウスを、ミナも一生懸命に支えていた。

ノエラも残りの二本を支えたり補強したりで大忙しだった。

中に敷いていた藁も半分近く飛ばされてしまったようだ。

「風、やんできたな」

「そう、ですね」

気がつけば、強風がそよ風くらいに変わっていた。

さっきの風は何だったんだ？

「あるじ、ミナ、ありがとう」

ぺこり、とノエラは頭を下げた。

「お腹空きませんか、ノエラさん」

ギューン、と変な効果音みたいな音がノエラの腹から聞こえてきた。

何だその音。

「そ、そこまで……」

食べないと言った手前、言いにくいんだろう。

ミナが出ていくと、すぐにパンとスープを持って戻ってきた。

「……ミナ」

「どうぞ。もしお腹が空いてたら、ですけど」

うふふ、と笑うミナに、ノエラがぴょんと抱き着いた。

「ミナ、ありがとう。ノエラ……ノエラ、悪かった」

「いいえ。わたしもここがそんなに大事なものだと思いませんでしたから」

よしよし、とミナはノエラの背をさする。

三人でいるにはめちゃくちゃ狭いけど、これはこれで何だか楽しい。

がつがつ、とノエラがパンを頬張り、スープを飲む。

「あるじ。あるじも、飲む」

ずいっとスープを差し出してくるノエラ。

「おれは食べたからいいよ」

「そか」

ずずず、とまたスープを飲みはじめたノエラ。

それをミナは微笑ましそうに見つめていた。

「ノエラ、ミナは毎日ご飯作ってくれてるんだ。それはちゃんと食べような」

「る……わかた」

「あと。ここで遊んでもいいけど、夜と仕事中は禁止。夜は周りも暗くて危ないし、仕事中は、ちゃんと仕事をしよう。いい？」

「る」

こうして、ノエラハウスを使うルールをおれたちは作った。

ルールにのっとり、その日はいつも通り家に帰り、いつものように朝を迎えた。

朝食を終えて、さあ開店しようかというとき、キャッキャッ、という子供の楽しげな声が聞こえてくる。

「るーーーー!?」

続いて、ノエラの声がする。

気になって様子を見てみると、近所の悪ガキたちによってノエラハウスは壊されていた。

あらら……。

ぷるぷる、と復讐に燃えるノエラが、まだかすかに見える悪ガキたちを全速力で追いかけていった。

「ノエラの基地、壊した！　許されない行為！」

「基地ー？　はあ？　ダッセー！」

「あれが基地とかウケる」

「棒立てただけじゃねえか！」

「ノエラ……ゆ、許さない……！　許さない――――！」

そうなんだよな……本人以外からすると、秘密基地ってめちゃめちゃチープなんだよなぁ。

あと……秘密基地って、何で他人にあっさり壊される運命にあるんだろう。

この世界でもそれは同じらしい。

プリプリ怒って悪ガキを追いかけるノエラを見ながら、おれはそんなことを思っていた。

7　アウトドア必須アイテム

秘密基地騒動があってからというもの、ノエラの創作魂に火がついてしまった。

今日も新しい基地を作るため、庭で試行錯誤をしている。

「るー……」

新作の基地……おれには悪ガキたちが壊したものと何が違うのかはさっぱりわからない。

「なあ、ノエラ。それって前のと何が違うの？」

「違う、全然違う。あるじ、わかってない」

ぷん、と怒ってしまった。

怒るのもそれはそれで可愛いので、このやりとりをもう何度もしていた。

技術者ノエラは、小難しい顔をしながら尻尾でぺったんぺったん、と地面を叩いている。

「雨、降る。濡れる。風吹く。飛んでいく……るぅぅぅ……」

そんな日に基地に行かなくてもいいんじゃね？

「あ。でも基地って結局アレのことだよな」

「る？　あるじ、アレ、何？」

冒険者たちは、普段どうしてるんだろう。

あの人たちって、基本野外活動だし、そのときは適当に寝床を作って寝ているんだろうか。

雨風をどうにかしのげる場所を見つけて？

うわぁ。想像しただけで大変そうだ。

「やっほー。レーくん、ノエラちゃん。コラボのにおいがしたからやってきたよん」

店のほうからポーラが廊下を歩いてやってきた。

「ポーラが嗅ぎつけたのは、コラボのにおいじゃなくて、お金のにおいだろ？」

「むふふふ。まあね」

なんか得意げだけど褒めてないんだよ。

けど、おれのアレは、ポーラの手を借りなければ作れないものだった。

「冒険者って、キャンプグッズ持ってたりするの？」

「キャンプ？　何それ。拠点のこと？」

ああ、それをキャンプとも言うか。

「そうじゃなくて――」

おれは、現代におけるキャンプについてポーラに説明をしていった。

「そういう感じの道具で、あったら冒険者たちにいいんじゃないかなって」

「それイイネ！」

ポーラ、めちゃくちゃいい笑顔だった。

どうやらお金のにおいがぷんぷんしていたらしい。

「あるじっ。話は聞かせてもらった」

どうした、どうした。

「ノエラ、ひとつほしい」

ポーラと違ってノエラは真剣そのもの。

早くも試作品を使ってくれる人が見つかった。

「よし、わかった。できたらノエラに真っ先に使ってもらうよ」

「るー♪　キャンプ、キャンプ」

おれが想像しているそれがちゃんとできあがれば、ノエラがさっき悩んでいたことを解決できるものになる。

持ち運びもできるし、雨にも濡れない。風に関しては……まあ、ノエラの柱を立ててるだけのものよりかはずいぶんマシになるはずだ。

「これはさ、町のみんなでやったらいいと思うんだ。上手くいけば町の特産品になるかもね」

うんうん、と自分で言ってうなずくポーラ。

その提案に異論はなかった。

ポーラは、地元ラブだからな。

何かあると、町おこしイベントにしようとする。

地元のためにできることをやっていく姿勢は、素直に偉いな、と思う。

「ポーラ、おれちょっと見直した」

「え？　何、急に」

そんなつもりはないらしく、きょとんとした。

店は今日出勤しているビビとノエラに任せ、おれとポーラは町へ出かけた。

「寄り合い所を作ったから、そこに集まってもらおう」

「いつの間にそんなものを」

空き家になってしまった家を改装して寄り合い所としたらしい。

「へへへ。便利っしょ。この前のイベントをやったときに、集まって相談できる場所がほしいなーって思ってたから」

そんなお金どこから……。

この前のイベントは、水鉄砲風消火器――イレイザーで町をあげてのサバイバルゲームイベントだった。

はっ。

まさか。イベントのおかげでめちゃくちゃ儲かったのか……？

バルガス伯爵も消火器として他の町にも広めるって言ってたし。

「うちが空き家を格安で買い取ったんだよ」

儲かったんだな、そうなんだな？

「カルタの町をあげてその、なんだっけ、テント？　を作りまくって、世界中の冒険者がなくてはならないものにするんだ！」

金の亡者っていう印象だったけど、ポーラはもしかすると一流の経営者の素質があるんじゃ……。

おれの中でひそかにポーラの評価がまた上がった。

教えてもらった寄り合い所で待っていると、ポーラが声をかけた雑貨屋さんや大工さん、鍛冶職人さんたちが集まりはじめ、おれたちを入れて八人が集まった。

もうこれは商工会って感じだ。

「えー。今日は集まってくれてありがとね。今日は、レーくんが考えたテントってやつをみんなで作ろうと思って」

ポーラが言うと、あとを継いだおれが、テントとは何なのかからはじまり、必要な素材を話した。

必要になるのは主にふたつ。骨となるフレームと生地。紙に書きながら、説明をしていく。

「なるほど。冒険者たちは、これがあればどこでも雨風をしのげる、ということか」

「みんなでそれを作って売るんだな」

無理だのなんだの、と言い訳をすることなく、みんな前向きに話を聞いてくれた。

商工会メンバーがあれこれ考えている隙に、ポーラがこそっと言う。

「みんなレーくんの道具があったから、イベントがたくさんできている、っていうのを知ってるからね。それで儲かっている人も多いし、絶対イケるよ」

シシシシシ、と笑うポーラ。

「薬屋さん、このフレームっていうのは、鉄の棒でいいのかい？」

「大まかに言えばそうなんですけど、軽くて丈夫なもののほうがいいと思います」

「ってなると、竹しかねえな……」

竹か……。しなるし丈夫だからいいかもしれない。

「生地はどういうものにするんだい、レイジくん」

と、雑貨屋さん。

「長持ちさせるためにも、なるべく耐水性の高い生地が理想です」

ナイロン生地があればいいけど、この世界にそれはないだろう。

「じゃあ革かな。でも、濡れると縮んだりするから……」

「そこは大丈夫です。キリオドラッグの商品に【撥水剤】があるのでそれを塗れば――」

おれの言葉を遮って、服飾店の主人が言った。

「薬屋さん、それなら糸に染み込ませたものを生地にしちゃどうだ？」

「あっ、それいいと思います。完成したものに、もう一度【撥水剤】を使えば耐水強度も上がるでしょうし」

こんな具合に、すごく建設的な会議となった。


カルタ製テントはフレームと生地の試作を繰り返しながら、着々と進んでいった。

「レイジ様、最近町へよく出かけているようですけれど、何かあるのですか？」

今日も今日とて打ち合わせと試作品の確認をするため、寄り合い所へ出かけようとすると、遊びにきていたエレインが話しかけてきた。

「ああ。今はテントを作ってるんだ」

「テント？」

首をかしげるエレイン。

「マキマキ、テント、あとちょっと」

「あとちょっと？」

ノエラの説明を聞いても、エレインはますますわからなさそうにするだけだった。

たぶん完成を待て、と言いたいんだろうけど、それじゃわからないよな。

「行ってきます」

おれはノエラたちに言って店をあとにした。

テントは今のところ持っている冒険者はとくにおらず、それっぽい使い方をする道具というのもないらしい。

町おこしでときどき外部の人がやってくるけど、基本的には何もない田舎町。

それがなければ、言っちゃ悪いけど活気はあまりない。

商工会のみんながやる気なのも納得だ。

「こんにちは。お疲れ様です」

おれが寄り合い所に入り挨拶をすると、すでに何人かがいて、試作したフレームの強度を確かめているところだった。

「細くすりゃ、モノ自体の耐久性が下がる。太くすりゃ耐久性はいいがしなりにくく折れやすくなる……」

ぐにぐに、と試作品をしならせると、職人さんが言ったように細いほうは、弧を描くように上手くしなってくれる。

一方の太いほうはあまり曲がらない。無理にやれば折れてしまいそうだった。

こうなっているのは、おれがフレームを分解できるようにしてほしい、と言ったのも原因のひとつだった。

フレームを丸ごと持ってたんじゃ、邪魔になって仕方ないから。

けど、その分耐久性が下がってしまい困っているようだった。

「こういうのを作ってみたんですけど、どうでしょう」

おれは懐から新薬を取り出した。

【プロテクトキュア：塗った物の強度を上げられる。ツヤも出る】

「薬屋さん、そりゃ一体どういう……」

「試してみたほうが早いので、ちょっとやってみます」

おれは注目が集まる中、【プロテクトキュア】を細いほうの試作フレームにハケで塗る。

ツヤツヤになって、光沢が出た。

「うぉぉぉ！　めちゃくちゃキレイだ！」

「眩しい！」

「なんてツヤだ！」

と驚く商工会のおっちゃんたち。

「いや、そこじゃないんですよ、効果は」

しばらく放置して乾かしてから、おれは細いフレームの先端をつまんでぐいっと思いきり曲げた。

ぐにににににに～。

「ま、曲がりまくってる!?」

「急カーブだ」

「なのに、全然折れない……」

よかった。

試そうにも創薬室にフレームがないからできなかったけど、どうやら【プロテクトキュア】の効果は抜群だったみたいだ。

「太いほうはそのままでいいんです。上部だけをしならせればいいので」

上部に該当する細いフレームをもう一本選んで、【プロテクトキュア】を塗る。

そして、それらの両端に装着させる太いフレームを四本選んで、組み合わせると……。

「「「「こ、これが——フレーム!?」」」」

上部がゆるやかに弧を描いたテントのフレームができあがった。

上部フレームと下部フレームの連結部分もしっかりしている。

ちなみにおっちゃんたちにはフレームを支えてもらっている。

「く、薬屋さん、これはもうできたって言っていいんじゃないか」

おれもちょっと感動を覚えるレベルで驚いた。

「試作してもらったフレームが思った以上の完成度だったので、あっさりできましたね！」

へへ、とおっちゃんたちは、照れくさそうに鼻の下をこすっていた。

連結部分もおれが頼んだ通り、組み立てやすいように凹凸があり安定感があった。

「つしゃ、今日はもう飲んじまうか！」

「よっしゃ、酒盛りだ、酒盛り！」

商工会のテンプレートな展開がはじまろうとしていた。

あとは、【撥水剤】を染み込ませた生地がどうなるかだけど——。

「うはははは！　おっちゃんたち、これ見て、これ見て！」

どたばた、と駆けこんできたのはポーラだった。

手にはハンカチほどの生地がある。

「あ、レーくんもいるじゃん。ちょうどよかった」

「生地、できたの？」

「そ。イレイザーでやっちゃってよ」

ポーラが持ってきていたイレイザーを手にし、シャコシャコシャコと玉（水）を装填していく。

「いくぞ」

「フフフ。やっちゃいなよ」

おっちゃんたちが固唾をのんで見守る中、生地に向けてイレイザーを撃った。

ピシュン、と放たれた水が、生地に直撃。

「「「おぉぉぉ」」」

弾いた。

水を完全に。

シミひとつ作らない生地を触ると、さらさらだった。

「い、いや。一発だけだし、濡れ続けたらどれだけ染み込むかをやらないと」

ピチュン、チュン、ビシュン――。

全弾放っても、生地は健在。全然濡れてない。

もうちょっと過酷なテストをするため、桶に入れた水に思いきり浸ける。

ふわっと生地が浮いてくると、耐水性は鉄壁らしく生地の上に水滴を作るほどだった。

「【撥水剤】すげぇ……」

「まるで寄せつけねえんだな……」

桶を覗くおっちゃんたちが感心していた。

傘や防具用に作ったものだったけど、こんなところで役に立つとは。

「うはっ。フレームできてんじゃん！」

ようやくポーラが気づいた。

おれはぺしぺしとフレームを叩く。

「ポーラ、これ、これ。これに合うように同じ生地を作ってほしい」

「おっけー、任せろじゃん！」

「任したじゃん！」

おれも調子を合わせて語尾にじゃんをつけた。


数日後。

フレームに合う生地が完成した。

それをキリオドラッグまでポーラが持ってきてくれたので、寄り合い所へ持っていき外で組み立てることにした。

生地にはきちんとフレームを通すための袖が用意されていて、製作にかかわったポーラをはじめとした商工会メンバーとノエラとエレインが、おれの手元をじいっと見つめていた。

試作品ができる、とおれが言うと、いてもたってもいられなかったノエラとエレインは、こ
こまでついてきたのだ。

「あるじ、テント、できる？」

「こ、これが、テント、ですの？」

「うん、ちょっと待ってて」

フレームを生地に通していき、あっちとこっちで組み合わせ、ほどよい場所に杭を打ち、固定する。

「よし。できた」

うん。イイ感じ。

典型的なテントだ。

おぉぉぉ、と商工会のおっちゃんたちの歓声が聞こえる。

「これが、うちらが努力し合った結晶……！」

柄にもなくポーラが感動をしている。

「まあ、まだ試作品だから」

完成したテントを見たノエラが、興奮気味に尻尾をブンブンと振っている。

「るー！　テント、できた！」

「こ、これがテントですの？」

入口になっているところからノエラが入っていく。

「どうだ、ノエラ」

「これは、基地。間違いなく、基地。揺るがない」

「こんなもの、持っていても仕方ないのではなくて？　いつ使うんですの？」

疑問に思いつつエレインもあとに続く。

「ひ、広いですわ！　意外と広いですわ！」

「るっ。ここでこっそり、お菓子を食べる」

「き、き――――基地ですわ！」

中をのぞくと、ノエラがごろごろと寝転んでいた。

おっちゃんたちも入りたがったので、交代で中に入ってもらった。

みんな似たような反応で、驚いたり感動したりしている。

最後におれも入ってみた。

窮屈なく過ごせるっていう条件なら、大人の男性なら定員二人かな。女性なら三人ってところか。

生地の耐水テストはやったし、あとは強度……。

風が吹いた程度でフレームが折れるんじゃ、使い物にならない。

「レイジさーん、グリ子さん連れてきましたー」

「きゅきゅぉー！」

ミナがグリ子をテントのところまで連れてきた。

「じゃ、グリ子。風をぶわっとやってくれ。できるか？」

「きゅ」

グリ子の後ろにみんなが下がると、グリ子が翼をバサバサと目いっぱい動かす。

ビュォーと風が巻き起こった。

強風を受け止めるテントも物音を立てている。

「グリ子、ノエラの基地、壊す、ダメ！」

「きゅぉ……？」

「ノエラさん、今はテストなので……」

ノエラのクレームで風が弱まったものの、おれが続けてくれと言うと、再びグリ子は風を起こした。

「きゅぉ！　きゅぅぅぅ！」

バサバサバサ――！

風にさらされながらも、テントは健在。

……一〇分後。

「きゅ……きゅぉぉぉ」

グリ子がバテてしまって風の勢いは落ちたけど、テントは風に負けることはなかった。

「「「薬屋さん……」」」

「レーくん」

「あるじ」

「レイジさん」

「レイジ様」

「きゅおきゅお」

みんながおれの言葉を待つ。

全員を見回して、おれはうなずいた。

「完成だ！」

やったぁぁぁぁぁ！　と快哉が響いた。

【カルタテント：組み立て式簡易テント。カーボン製フレームのため軽くて丈夫で持ち運びにも優れる。耐水効果も高く野外で風雨をしのげる】

8　気の置けない人

こそこそ、とエジルは茂みからノエラを覗いていた。

「これを、こう！」

レイジや町の職人たちが作った試作品であるテントをノエラは組み立てている。

「ビビ、そっち、固定」

「うん、わかった！」

一緒に来ている職場の同僚であるビビが杭を打ち、テントを固定する。

「ノエラちゃん、こっちはどうすんのー？」

「そっちも固定」

「ういーす」

ミコットとかいう村の娘も今日は同行しており、ノエラの指示に従い木槌で杭を打っていた。

ノエラとビビが今日は休みで、ミコットも加えた三人で日帰りキャンプをこの川べりでするという話になっていた。

エレインも行きたいと言っていたが、父であり領主のバルガス伯爵からの許可がおりず、泣く泣く不参加ということになった。

「しかし、気になるのであれば、先生も来ればいいものを」

ぼそり、とエジルはつぶやく。

このキャンプを許可したレイジは、三人だけでは心配だったらしく、エジルにもこっそりついていくように指示を出した。

『大丈夫だとは思うんだけど、念のために、様子を見ててくれ』

と、エジルに依頼をした。

『承知しました。事故が起きないように余が密かに覗き……いや、監督させていただきます』

出勤日なのにノエラが不在なのではやる気が起きないところだったが、これは願ってもない頼みだった。

『ですがこう言ってはなんですが、先生が普通に同行すればいいのでは？』

『それはほら、なんか違うだろ。女の子同士、友達同士っていうのがいいんだよ』

『はぁ……そうでしょうか』

『わかんないかもだけど、そういうもんだから。だから、絶対バレるなよ？』

と、レイジは言ってエジルにこっそり同行をさせたのだった。

「ククク、バレるなどとは、笑止。余が本気を出せば、小娘三人に存在を悟られるはずがない。ハーッハッハッハ！」

さっそく茂みから高笑いを響かせるエジル。

「るっ？」

はっ、とエジルは口を慌てて押さえる。

「どうかした？」

尋ねるビビに、ノエラはじいっと声がしたほうを見ている。

「さっき、変な声、した」

「ミコちゃんは聞こえた？」

「ウチはなんも」

ミコットは首を振る。

おかしいな、と目を細めるノエラ。

「ククク。いつもならニオイでバレそうなものだが、ハイレベルな嗅覚は川べりでは上手く機能しないらしいな」

ククク、と笑いながらエジルは観察を続ける。

「るるるっ。完成、テント、完成！」

「思ったより簡単なんだねー」

一〇分もかからず、テントの組み立てが完成し、少女たちはキャッキャと戯れながら、中へ入っていった。

「あれが町を上げて製作したというカルタテントか……。先生はなんというものを考案したのだ。魔王軍でも使わせてもらえないか今度交渉してみるか」

風雨を遮ることのできる小部屋をどこにでも作れる、というのは、魅力しかない。

持ち運びやすくするため、軽い素材を使い、雨に濡れても平気なように苦心したという。

「兵に野営をさせる際には必須であろうな……」

魔王には喉から手がほしい商品となっていた。

濡れない、というのは非常に重要なこと。それだけで体力の低下を防げる。雨だけでなく風を遮るものがあるというのもありがたい。

「あのガールズは何をしているのだ。中に入ったまま出てこないが……」

昼寝だろうか？　とエジルが隠れながらテントに近づいていくと、ようやく声が聞こえてきた。

「ノエラちゃんはさー、誰か気になる人とかいないの？」

「るる？　気になる人？」

「そ、それはボクもすごい気になるよ……！」

気になる人――。

エジルは聴覚に全神経を集中させた。

「気になる人……何それ」

「いやいや、こういうのはあれじゃん、ね、ビビ」

「そ、そうだよ、ノエラちゃん。す、す、す、好きな人とかそういうあれで……」

照れながら恥ずかしながらの会話が妙にくすぐったい。

「ま、まさか……よ、余の名が……で、出るのでは――」

「あるじ！　ノエラ、あるじ！」

……出なかった。

「であろう。先生に敵うはずもない……」

がっくりと肩を落としていると、ミコットの声が追及をはじめた。

「そういうんじゃなくてさ」

「るー？」

「てんちょは、なんかそういうのじゃないじゃーん」

「そういうの？」

困っているノエラに、ビビが補足した。

「好きは好きでも、その好きとはちょっと違うっていうか」

「ノエラ、あるじ好き」

うらやましい。

うらやましすぎて、エジルの感情がゼロになった。

「ミコット、いる？」

逆にノエラが訊いた。

「えー？　ウチは、別にそのぉ……い、いないしっ」

「るぅ？」

疑わしそうなノエラの声だった。

「ミコちゃん、いるんじゃないの。誰かっ。ねえ？　ねえ、ねえ？」

「い、いないってばー！」

ギャーギャーとテントの中で騒ぐ三人。

ようやくレイジが言っていることが正しかったのだとエジルは理解した。

「先生……こういうことなのですね。友達同士、女子同士、というのは。余がいたり先生がいたりすれば、あのような会話はまず出てこない。さすがは先生……鋭い洞察力を備えておられる」

あんな会話が聞けるのであれば、隠れたかいがあるというもの。

それはいいが、このままあのテントの中で過ごすつもりなのだろうか。

エジルが不思議に思っていると、一段落したのか三人が外に出てきた。

「焚火、する」

「おっけー」

三人が散り、薪にできそうな枝を拾いはじめた。

「テント道具と食べ物しかノエラさんは持っていっていなかったが、火起こしはできるのか？」

心配しながら様子を見守っていると、案の定だった。

「ビビ、火」

「ないよ。そんなの」

「ミコット、火」

「火打ち石も火の生活石も持ってきてないよ」

自分なら、魔法でぱっとさっとやってしまえるのだが、このガールズに魔法の心得があるとは思えない。

「通りすがりの魔王を演じてノエラさんたちを助けるしか……」

そのとき、出がけにレイジから持たされた荷物の存在を思い出した。

鞄の中を漁ってみると、あった。

こんなときに必須なキリオドラッグの商品【着火剤《ヘルフレイム》】が。

「先生は千里眼をお持ちなのか……!?」

レイジの予測に震えるエジル。ちゃんと火の生活石も入っている。

これは魔力を流すと発熱、発火する安価な魔石だ。

集めた薪の前で、三人が一気にトーンダウンする。

「持ってきた、干し肉、焼けない」

「どうしたら火って起こせるんだろう……ごめんね、ボク役立たずで」

勝手に落ち込むビビを、エジルはちょっと面倒くさいなと思っていると、ノエラとミコットがフォローした。

「ノエラの、準備不足」

「そうだよー。ビビは悪くないよ」

「二人とも……」

だが、このままでは状況が好転しない。

「致し方ない！　これを使うのだ、ノエラさん――！」

ぽい。ぽい。

エジルは【着火剤《ヘルフレイム》】と火の生活石を近くに投げ込んだ。

こん、ころころ。

上手くノエラの足下にそれらが転がった。

「る？　こ、これはっ」

【着火剤《ヘルフレイム》】と火の生活石を拾ったノエラが驚いている。

「落ちてた！」

伝説の剣でも引き抜いたかのように、ノエラが二人に掲げて見せる。

「うわぁあ！　すげー！　偶然！」

「これで火が起こせるね！」

元気を取り戻した三人が、火の生活石と【着火剤《ヘルフレイム》】を使い、薪に火をつける。

【着火剤《ヘルフレイム》】の効果は抜群で、火の勢いはぐんぐんと増していった。

焚火の前で、三人が雑談を交わしながら、じいいいいいいいいいいっと燃え盛る炎を眺めている。

「余だけではなかったか。焚火を眺めるのはなぜか飽きないのだ……」

軍での野営を思い出したエジルは、わかる、わかるぞ、と茂みから同意した。

レイジは他に何を入れたのか、とエジルは鞄を確認する。

【虫無視クイーン】……これは虫よけの薬。

「なるほど。ノエラさんは虫が苦手だからか」

中には安全に水が飲めるようになる【浄水薬】や、【ヒートヒーターヒーテスト】という蒸気で即座に物体を温めてくれる薬が入っていた。

他にも、優雅なひと時を味わえる【ブラックポーション】と【シロップ】もあった。

「先生は、もしや過保護なのでは……」

だが野外で使える薬であることには違いなかった。

ノエラたちが焚火に気を取られている隙に、エジルはテントに接近する。

【虫無視クイーン】を周囲に使い、虫を寄せつけないようにした。

エジルがバレないように忍び足で元の茂みに帰ろうとすると、開けっ放しだった鞄から予備の薬が落ちて物音を立てた。

「!?」

「るっ？　今、音が」

まずい。

拾うよりも早くこっちに来てしまう。

いっそのこと、この鞄をここに置いておけば、薬を有効活用してくれるはず。

エジルは反対方向に鞄を放り投げる。

ガサッと茂みが音を立て、ノエラの注意を引くことに成功した。

「る!? 今度はあっち！」

「何？ 何かいるの？」

「ぼ、ボク魔物はダメだからね。精霊だからってあんまりあてにしないでよ？」

「ノエラに、任せろ」

警戒しながら鞄のほうへノエラがじりじりと距離を詰めていった。

「そんなに気にしなくても大丈夫だと思うけどねー？」

と、ミコットが言う。

そのすべてわかったような口ぶりは何なのか。

エジルがそっと振り返ると、目が合った。

ジェスチャーで早く行けとやるので、こそこそとエジルは音を立てないように別の物陰に隠れた。

「あの娘……タダモノではないな」

ほっと一息をついていると、鞄をついに見つけたようだ。

「る！ これは、あるじの鞄！」

「レイジくんの？」

「間違いない。あるじのにおい、する」

「じゃあ、レイジくんがさっきここに……」

それがレイジではなくエジルだと知っているミコットだけ、クスクスと笑っている。

「ノエラちゃん、鞄には何が入ってんの？」

ミコットが尋ねると、ノエラは鞄の薬を発見した。

「あるじが、これ、届けに来た。間違いない！」

「店で見たことある！【浄水薬】に【ヒートヒーターヒーテスト】。これがあれば便利だね！」

「本当にてんちょなのかなー？」

半笑いでミコットが疑問を投げかける。

「るう？　これ、あるじの鞄。ノエラ、間違えない。においも、あるじの」

クンスカ、クンスカ、と鞄のにおいを嗅ぐノエラ。

しかし、その表情がどんどん曇っていく。

「違うにおい、する」

勘づいたノエラの目が鋭くなる。

エジルはどきりとした。

「つ、ついに余の存在を知られることになってしまったか……！」

バレるな、と言われていたから、それこそ存在をにおわせることはしなかったエジルだったが、気づいてくれたことが少しだけ嬉しかった。

「エジルのにおい、する」

「エジルくんの？　鞄から……？」

「じゃあ、エジルくんがノエラちゃんのことを心配して持ってきてくれたんじゃないかな」

ちらちらと、ミコットがこちらに目線を送ってくる。

「見るな、こっちを見るな。居場所がバレるであろうが」

だが、援護射撃をしてくれるミコットには感謝しているエジルだった。

「あの小娘…………ありがとう。本当にありがとう」

はじめて味方ができたような気がした。

「けどこれ、あるじの鞄」

「じゃあエジルくんが借りたんだ」

「るううううう……」

ノエラがすごく複雑そうな顔で唸っている。

「ノエラちゃん、【ブラックポーション】と【シロップ】があるからお茶ができるよ」

「るっ。朗報。焚火を見ながらブラポ飲む！」

「いいねー。飲もう、飲もうー」

ミコットも賛成し、テントのそばの焚火のほうへ三人は戻っていった。

「てか、ブラポって何。いいねって言ったけど」

「ミコちゃん、知らないの？　オトナの味がする飲み物だよ」

「ノエラ、よく嗜む。ノエラはオトナ」

と、ノエラは得意げだった。

三人はお湯を沸かすため、大きな石をいくつか集めコの字の小さな窯を作る。

ビビが持参した小鍋に川の水と【浄水薬】を入れた。

「これで、お腹は壊さないね」

「まろみの水、沸かしたら、まろみの湯」

「まろやかになるってこと？」

「る」

窯で薪をまた燃やし、鍋をかけると、すぐに沸騰した。

「ウチ、コップ持ってきてるから、それを使おう」

「るっ。ミコット気が利く」

「でっしょー」

わいわいやりながら、三人が【ブラックポーション】をコップに入れてお湯で割り、最後に【シロップ】を入れた。

「お湯で割るんだ？」

ミコットが訊くとビビが答えた。

「レイジくんが、お湯で割ったほうが飲みやすいよって教えてくれたんだ」

「ノエラ、そのままでイケる口」

「ノエラちゃんは、前に苦いって言ってたじゃないか」

エジルもそれは知っている。

ノエラは【ブラックポーション】を痩せ我慢して飲んでいたことがあった。

三人がカップをこつん、と合わせて乾杯をする。

ず。ず……ずずず……。

「「「ほふぅ……」」」

三人にスローな時間が流れる。

ときどき聞こえる鳥のさえずり。

川のせせらぎ。

パチッと爆ぜる薪の音。

揺れる炎と陽炎。

それらの環境が日常を忘れさせてくれそうだった。

「よ、余もあの輪に入りたい……」

はたから見ていて、三人はすごく楽しそうだった。

「余も……友達がほしい……」

切実なつぶやきをこぼす。

「こんなふうに、休日に出かけてアウトドアを楽しめるような、そんな友達が……」

エジルは物陰でちょっと泣いた。


日没までには帰ってくるように、とレイジにキツく言われているノエラたちは、日が傾きはじめた頃に撤収準備をはじめ、夕方には店へと帰ってきた。

もちろん、エジルもそれに合わせ、後ろからこそこそとあとをつけ、少し遅れて店に入った。

「あるじっ。ただいま！　帰った！」

「おかえり、ノエラ。……それと、エジルも」

くるっとノエラがこちらを振り返る。

「はい。ただいま戻りました」

「今日は悪かったな。色々と」

「いえ。なんてことはありません」

ぴょん、ぴょん、とノエラが話をしたそうに飛び跳ねている。

「あるじ、あるじ。キャンプ、楽しかった」

「そりゃよかった。テントはどうだった？」

「快適。そのもの。あるじの薬、とても助かった」

「ああ――エジルに持たせたやつな」

「る!?」

ちらっと真偽を確かめるようにノエラがエジルに目をやった。

「先生が準備してくれたからこそです。余はただ届けただけに過ぎません」

「エジル、ついてきた!?」

そこで、レイジが意外そうな顔をした。

「あれ。バレなかったの？」

「ええ」

「マジかよ。何だかんだでバレるだろうなって思ったのに」

「先生……バレることを前提にしないでください」

ミコットには完全にバレてしまったが。

「ノエラ、薬はエジルが届けてくれたんだ。お礼を言っておこう」

「るぅ……」

不服そうなノエラだったけど、レイジには逆らうことはなく、小さく頭を下げた。

「ありがと。エジル。おかげで、キャンプ、楽しかった」

「の、の、の、の……の、ノエラすわぁぁぁぁぁぁぁぁああん！」

辛抱堪らずにノエラに抱き着こうと接近すると、ベシっと尻尾で叩かれた。

「へぶふっ!?」

「嫌い」

冷たい目をするノエラ。

「エジルの好感度はなかなか上がらないな」

と、レイジは苦笑をしていた。

9　正規品と海賊版

おれは試作したテントを持って、バルガス伯爵家へとお邪魔していた。

せっかくいい物を作ったのに、このままじゃ目当ての冒険者が誰も使ってくれないからだ。

とはいうものの、カルタの町は冒険者がよく訪れる町ではない。

過去には何人かいたものの、定期的に来るということはほとんどない。

庭でテントを組み立てると、バルガス伯爵が中に入る。

「ほうほう、これが……」

「これが、テントですのよ、お父様！」

エレインが得意げにテントのどこが便利なのか説明してくれた。

エレインは何も手伝ってないだろ。

「レイジ様をはじめとした町の方々が精魂込めて作った逸品ですのよ」

「ははぁ……これはたしかに、冒険者にとっては重宝したくなる道具だ。うむ」

バルガス伯爵は、中から出てくると感心したように唸る。

「よくこんなものを思いついたね、レイジ殿」

「これを誰か有名な冒険者に使ってもらいたいんです」

「高く売りつけるんですのね！」

「いや、何でだよ」

「？」

　エレインにきょとんとされてしまった。

「ん？　違うのかね」

　バルガス伯爵も同様のリアクションだった。

　この親子は……。

「その人には無償で使ってもらいます。影響力があるので、いわば広告塔としてテントを広めてもらおうかと」

　オンラインのゲームとかでもそうだけど、強い人が持ってるアイテムとかって、憧れるんだよな。

　有名な人が持っているアイテムも然り。

　それが便利なものであればなおさらみんなほしがるだろう、というおれの作戦だ。

「テントが広まれば、カルタの町の特産品と言えるものになるでしょう」

「何もなかった片田舎の町が、か……」

　ふむふむ、とバルガス伯爵は顎に手をやる。

「ポーションを作ったレイジ様が作ったテント、と言えば、なお影響を与えると思いますの」

　商工会を巻き込んで作った物を流行らせるっていうことは、領地の税収を上がることに繋がる。

「とてもいい話だ。だが、私に冒険者の知り合いがおらんのだ、レイジ殿……」

申し訳なさそうにするバルガス伯爵。

「そうですか」

まあ、有名な冒険者でなくてもいいかな、最初は。

「ふっふっふっふ。それなら、わたくしにお任せあれですわ」

エレイン、胸に手をおいてドヤ顔である。

「巷で噂の『冒険貴族』ことラース様とは、わたくし面識がありますの」

その名前、どこかで聞いたことがあるような？

「おお、そういえば彼は今冒険者をしているのだったな。以前エレインが晩餐会で会うのを楽しみにしておったラース殿が」

あの人だな？　エレインが晩餐会で会うから香水を作ってほしいと言ったときの、あの。

「そ、それはそうなのですけれど」

わたわた、と慌てて、エレインがこっちを振り返る。

「レイジ様、違いますのよ、違いますの。ラース様に未練があるわけではなく、たまたま、あの方が冒険者をなさっていらして……そ、そ、その、今さら何か繋がりを求めたわけではなく……わわわわ、わたくしは、きちんと純粋に一筋なので、そのぅ……」

しゃべる度に、エレインはどんどん顔を赤くしていく。

「知り合いならちょうどいいじゃん。そのラースさんって人に使ってもらおう」

「うむ。私も賛成だ」

「それなら、レイジ様と面会できるように間を取り持つ必要がありそうですわ」

商品説明をラースさんにしてほしいってことなんだろう。

「エレインが説明してくれてもいいんだよ」

「わたくしが……？」

「うん。さっき、バルガス伯爵に教えていたところを見たけど、完璧だったから」

「れ、レイジ様に褒められましたわぁ〜！」

驚きと喜びいっぱいのエレインは、両手で頬を押さえて足をじたばたさせている。

「エレイン、お願いできる？」

「お任せあれ、ですわ！　……レイジ様に頼られてしまいましたわぁ〜！」

これでそのラースさんって人がテントを使っているのを見た冒険者たちは、何だあれは、となる……はず。

「じゃあ、エレイン。お願い」

「わかりましたわ」

ふん、と気合を入れるエレインは、使命感に漲る表情をしていた。


テントをエレインに渡してから二週間が経ったある日のこと。

ドドドドドド、という音が遠くから聞こえ、砂煙をあげて馬車が店へと疾走してきていた。

店の前で止まると、よく見かける老執事の手を借りてエレインが降りてきた。

顔面蒼白で、なんか元気がない。

「よ、酔いましたわ……。急いでほしいと頼んだら、お、思いのほか揺れましたわ……」

「マキマキ、来た！」

「ノエラさん、来ましたわよ」

いつもならふぁさっと縦ロールを払って威勢よく挨拶するところが、今日はグロッキーだった。

ミナが用意した椅子に座り、カウンターに突っ伏すエレイン。

「ミナ、悪いけど水を持ってきてあげて」

「はい。すぐにお持ちします」

老執事が申し訳なさそうに眉尻を下げていた。

「お嬢様が、ご迷惑をおかけいたします」

「いえいえ。気にしないでください。全然迷惑だなんて思ってないんで」

おれは笑って手を振った。

エレインは、ミナが持ってきた水をちびりちびり、と飲んで少し休憩すると、ようやく元の調子を取り戻した。

「テントの件？」

単刀直入におれが尋ねると、エレインはうなずいた。

「ですのよ。ラース様にテントをお渡しし、使っていただきましたの。そしたら……」

エレインが、老執事を振り返りうなずくと、馬車から老執事が一抱えほどある袋を持ってカウンターにそっと置いた。

「これは？」

ミナもノエラも不思議そうにしている。

「テントに関する問い合わせのお手紙ですの！　こんなに届きましたのよ！」

手紙？　テントに関する、問い合わせの？

老執事が袋を逆さにすると、どさどさどさっと封筒や便箋や手紙がたくさん出てきた。

「るっ!?　いっぱい!?」

「ふわぁ～。たくさんお手紙いただいたんですね」

ノエラとミナが目を丸くしている。

これにはおれも驚いた。

何通あるんだ、これ。

「数えましたら一〇〇通はありましたわ。それ以上は数えてません」

それ以上だと数えるのが面倒くさかったらしい。

「ラースさんの影響力……半端ねえ」

おれが言うと、エレインが首を振った。

「ラース様も多少はあったと思います。上級ランクの冒険者だそうですし。ですが、本人曰く、一番はレイジ様の代名詞であるポーションの名前が効いたようですわ。どの冒険者にも今やかなり知られているお薬ですし」

ポーションを作ったやつが作った物、と認識されたようだ。

ポーションって、結構知られてるんだな。町からほとんど出ないから、全然知らなかった。

「それらの効果があり、ラース様に、どこにこれがあるのか、という問い合わせがたくさんあり、我が家を問い合わせ先に指定したようですの」

それで、たくさん手紙が届いた、と。

「中を確認しましたけれど、どれもこれもテントについてでしたわ」

「あるじ、テント、たくさん売れる気配」

「かもしれないな」

そうなってくると【撥水剤】と【プロテクトキュア】はもっとたくさん作らないといけなくなる。

「忙しくなりそうですね、レイジさん」

「うん」

「大切なことを聞きそびれていましたわ。いくらでお譲りいただけるのかしら」

あ。そういやそうだ。肝心なところを言ってなかった。

材料費、人件費、その他諸々の諸費用や利益を出すとなると……という話だけはしていたのだ。

「じ、一五万……なんだけど」

高いかな……。

おれが恐る恐る様子を窺うと、エレインが目を見開いていた。

「そ――そんなに安くていいんですのっ⁉　あの品質の物が、たった一五万リン……⁉」

「そんな感じで話をまとめてたから」

「わかりましたわ。お返事は、そのようにいたします」

現代日本のように明確な納期を設定するわけでもなく、『テントが出来上がったら相応の値段で買わせてほしい』という要望がほとんどだった。

「さっそく、商工会のメンバーにこのことを教えて生産していこう」

おれはこのことを伝えるべく、町へ大急ぎで向かった。

こうして、テントは受注生産品として希望する冒険者のために作られるようになった。


受注生産にしたテントは、おれがエレインに伝えた通り、一五万リンで販売されることになった。

そのせいか、大忙しというわけでもなく、普段作っている分からいくつか多めに作るという程度だった。

【撥水剤】も【プロテクトキュア】もポーションや他の物に比べて毎日売れる物ではないし、キリオドラッグの負担は大したことはなかった。

かれこれ、テントは三〇個ほど作って発送したと思う。

適正価格なので、うちに関してはボロ儲けってほど利益が出てないのが現状だった。

『一五万……!?　たった!?　もっとボれよっっっっ！　ふざけんなよっ』

価格をあとから聞いたポーラは、めちゃくちゃ怒ってたけど。

ぼったくる気はないんだよ。うちもだし、他のみんなも。

『上級冒険者くらいになれば買う余裕があって野宿でも安心快適♡――っていうイメージをつけるんだよ！　一〇〇万くらいふっかけても、あいつらは買ったよ！』

と、まあ、無茶苦茶なことを言い出した。

たしかにそうかもしれないけど、その値段だと限られた人しか買えないんだよな。

ポーラはそうしたかったらしいけど、商魂が逞しすぎる。

冒険者のランクや地位についておれは詳しく知らないけど、上級冒険者とくくられる人たちはかなりお金を持っているらしい。貴族とそん色がないくらい。

それでもやっぱりおれは、色んな人に幅広く使ってほしい。

作ったものでボロ儲けしたいなら、おれは商品の値段の桁を増やしていると思う。

ポーションなんて、ノエラが毎日飲むのを遠慮するような値段になっただろう。

「レイジ様、今月もこんなに依頼がきましたわよ！」

やってきたエレインが、テントの製作依頼でもある手紙を運んできてくれた。

あれから、バルガス家は受注の窓口として役割を果たしてくれている。

「おお。ありがとう。何通くらいきてる?」

「今月は三〇通ほどでしょうか」

いつまでに納めろと誰も言ってこないのが救いだな。

そこそこの頑張りで、今のところどうにかテント製作は回せるし。

「寄り合い所を製作所にしたのが正解でしたわね」

「ポーラの提案なんだ。手が空いている人や、仕事がほしい人を雇って、部品作りを教えて」

もうマニュアルみたいなものもあるらしいから驚きだ。

「以前よりも、町が活気づいているような気もしますわ。とてもいいことです」

それはおれも同感だった。

仕事が増えてみんなが儲かるっていうのは、こういうことなんだよな。

なぜかおれも誇らしい。

テントがもっと広まって、冒険者必須アイテムになってくれればいいのにと思う。


けど、順風満帆とはいかず、いつの間にか受注数が減っていったのだ。

先々月が一〇個、先月が六個、今月は一個。

「おかしいですわ。あんなにいい物をほしがらないなんて。信じられません」

寄り合い所の一室で、エレインは理解できなさそうに首を振った。

「冒険者なら必須でしょう。野外で活動いたしますし」

「んー。考えられるとしたら、もうほしい人は全員持っている、とか」

おれが言うと、腕組みをするポーラが、眉をひそめた。

「高価なものなら、そういうこともあると思うよ。ハードルが高いんだから、買う人も限られる」

けど、おれや他の商工会メンバーはそれを嫌い、適正価格で様々な人に買ってもらえるようにしている。

「おねーさんは、とあることを疑っているよ」

「「……とあること？」」

おれとエレインの声が被った。

「確証がないから言わないけどね。うちが外部の人間なら、こうするかなって」

何なんだよ、それ。

けど、ポーラは具体的なことは何も言ってくれなかった。

「予想が当たったらちょっとヤだなぁ……」

探偵みたいなことを言い出すポーラの表情は曇ったままだ。

「ほしい人が現状いないんだから、しょうがないか」

受注生産だから在庫はないし、今のところ誰かが損をするというわけでもない。

そんなときだった。

車輪の音が鳴り、馬の鳴き声が聞こえた。

「エレイン、エレインはいるか」

中に入ってきたのはバルガス伯爵だった。

「どうしましたの、お父様」

「ラース殿から手紙とこれが送られてきた」

バルガス伯爵が手紙と分解されたテントらしきものをエレインに手渡した。

「これ……ここで作ったやつ、じゃないよな……？」

「もちろん」

ポーラは不愉快そうに顔をしかめた。

手紙を読んでいるエレインは、「そんなはずは」と声を漏らした。

「エレイン、何って書いてあるの？」

「ラース様からで……テントがすぐ壊れて困る、と苦情をよく聞くと……テントを送るから確認してくれとありますわ」

不良品ってことか。

何個も何個も作ってれば、一個くらいそういうテントも出てくるだろう。よくないことだけど。

「苦情は一件ではなく、何件も何件も寄せられていて、大変困っていると仰っていますわ」

「何件も？」

製作を監督しているのはポーラだ。

おれはポーラに目をやると、ポーラは送られたテントを確認していた。

「やっぱそうじゃん。絶対こういうヤツが出てくると思ったよ」

何かを確認すると、忌々しそうにつぶやいた。

「品質管理はウチがやっているし、マズいものを送るわけないいんだ」

「ん？　どういうこと？」

「見てよこれ」

ポーラがフレームを渡してくれた。

……竹で作られているのは間違いないけど、肝心の【プロテクトキュア】が塗られた形跡はない。

上手く組み立てられたとしても、これじゃすぐ折れる。

「こっちも」

と、生地も渡された。

ポーラの言う意味がわかった。

「【撥水剤】が使われてない」

「そ。こういうやつはどこにでもいるんだね」

やれやれとポーラはため息をつく。

ようやくおれはポーラが言っていた予想が何なのかわかった。

「テントを誰かが作って、カルタテントとして売っているってことか」

「そゆこと。バッタもんがあるなんて知らないから、買った人は苦情を言うわけさ。オイオイ聞いてたのと違うぞってね」

現代日本でも、別に珍しいことではない。

画期的な商品が出たら、似たようなものが他社から発売される、なんてことがある。けど、不良品を販売なんてしない。

「許せませんわ。レイジ様のアイディアを拝借して、適当な物を売りつけるなんて」

「だね。風評被害があるし、これから売れたであろうテントも売れなくなっちゃう。何がいいたいかっていうと、儲けが減るんだよッ」

バンバンとポーラが机を叩く。

ポーラ……最後にそれを言っちゃうと、なんか台無しになる気がするぞ。

閉店後、おれは店に集まったみんなにそのことを話した。

「テント、偽物、作る、ダメ！」

ぷぅ、とノエラが頬を膨らませる。

「そんな方がいるんですね……困りましたね……」

と、ミナも困り顔。

「先生。犯人をすぐに特定しましょう。そして、己がしたことを永遠に後悔させる必要があるかと。余の手にかかれば、末代まで後悔させるなど造作もありません」

さっそく物騒な話をはじめるエジル。

「みんな、テントほしいんだー。ボクはそっちに驚きだよ」

ビビはのん気なことを言っていた。

偽物が出回るってことは、それだけ人気があって需要があるってことだもんな。

「おれは懲らしめたいわけじゃないんだ」

技術っていうのは日進月歩。

たまたまテントがなかったから作っただけで、おれより早くそこに気づいた人がいれば、すでにテントは存在したかもしれない。

ただ、ポーラが言ったように風評被害が起きているのも事実だ。

ラースさんが苦情の窓口になってしまっているのも申し訳ないし。

「テントを真似した別の商品はこれからも出てくると思うよ」

「あるじの、アイディア、盗った！」

ぷんすか怒るノエラは尻尾をビーンと逆立てている。

そういうことに免疫がないからなのか？

「盗ったっていうと穏やかじゃないけど、盗った人を懲らしめたとしても、似たようなことをする人はこれからも出てくると思うんだ。だから、いいんだ。そのことは」

「るう……」

まだノエラは納得いってなさそうだ。

「フフフ……そこで余の出番、というわけですね、先生。犯人を特定して、片っ端から地獄に送っていく、と。……クク、腕が鳴る」

「違うっつーの。何聞いてたんだよ」

やれやれとおれは呆れてため息をついた。

エジルはすぐ武力行使に出ようとするなぁ。

「ではレイジさんは、このまま偽物……別のテントが作られ続けてもいいと思っているんですか？」

「カルタテント以外のテントが作られることは黙認するつもり」

「――先生ッ、そんな弱腰では世界を手中に収めるなど到底できませんよッ！」

「そんなつもりないから安心してくれ」

「ノエラ。あのテント好き。悪く言われるの、嫌」

そうなんだよなぁ。

おれも悪く言われることは我慢ならない。

【撥水剤】がテントの生地に使われているかどうかなんて、普通の人にはわからないし……何か目印になるようなものがあればいいんだけど。

「わかった！　はいはい！　はぁーい、はいはいはい！」

ビビが手をシュバっと上げた。

「はい、妖精さん、意見をどうぞ」

「精霊だようっ！　んもうっ」

お約束のやりとりを済ませると、おほん、とビビが仕切り直す。

「サイン書いたらどうかな。この町で作ったよっていうサイン」

「あー。それいいですね、ビビさん」

「る！　ビビにしては、いい」

「でしょー？　えへへ。もっと褒めてほしいな。ボクもね、これすっごいいいアイディアだと思ってさ」

るんるんでご機嫌なビビだった。

「ビビさん……サインの真贋がわからなければ、真似し放題なのでは？」

エジルの正論に、ビビの嬉しそうな表情が無表情になった。

「いい考えだったじゃないか……どうしてそんなこと言うんだよぅ……」

ロゴというか、カルタ産のテントであることを示す何かを作るっていうのは、おれも考えていた。

けどこれは買った側に区別がつかないといけない問題だから、製作側がわかっているだけじゃ意味がないんだよな。

書いたサインやロゴを模写されれば、偽物は作り放題。

現代みたいに精巧な印刷技術があるわけでもないから。

「サイン……誰でも区別ができる、か……」

ううん……。

「レイジさん、物はとってもいいんですよ。悩まなくても、続けていけばみなさんわかってくれるんじゃないでしょうか」

ミナが元気づけようとしてくれている。

「ありがとう。そうだといいんだけどな」

買ってくれるのは主に冒険者だ。

命がけの仕事だからなぁ。偽物をつかまされて命に危険が及んだりすることもあるだろう。

フレームがすぐ折れたり雨で中がびしょ濡れになったり――。

「ん？　あ、そうか」

ポーションがどうして真似されないのかというと、おれが創薬スキルで作っているからだ。

今日偽物だとすぐに判別できたのも、【撥水剤】や【プロテクトキュア】が使われているかどうかだった。

おれの創薬スキルで作ったものであれば、簡単に本物と偽物を区別できる。

「それをわかりやすくすればいいんだ」

「る？　あるじ。どした」

「ちょっと思いついたから、創薬室に行く」

「るっ。ノエラも手伝う」

「それじゃあ、わたしはお夕飯の準備をしますね」

と、ミナは奥へ行った。

「ボクも手伝うよ、レイジくん！」

「ビビは帰っていいよ。今日もお疲れ様でした」

おれはビビに小さく頭を下げた。

「わぁ――――!?　他人行儀な業務終了のお知らせをされた!?」

「手伝いはノエラ一人で十分なんだよ」

「先生……余は」

「エジルには頼みたいことがある」

「はッ、お任せください！」

「エジルくんだけいいなぁ……」

うらやましそうなビビだった。

創薬スキルで示された必要な素材をメモして、手元にない物をエジルに採取してくるように頼んだ。

しょんぼりしていたビビを仕方なく誘って、おれたちは創薬室で新薬開発の準備を進めた。

「先生！　ただいま戻りました！」

バーン、と景気よく創薬室の扉をエジルが開けた。

「早かったな。ありがとう」

移動系の魔法を使ったらしく、ぜえ、はあ、と肩で息をしていた。

「いえ。これしきのこと、何でもありませんから」

キメ顔でカッコをつけていた。

たぶん、ノエラのことをバリバリに意識したんだろうな。

「あるじ、これ」

「ありがとう」

ノエラは全然エジルのほうを見てないけど。

材料がそろったので、おれはいつものように創薬をしていった。

【ナイトライト：塗った部分を暗がりでうっすらと光らせる塗料】

「できた！」

「あるじ、これ何？」

「塗ったところが、暗い場所で光るんだ」

「ぷぷぷー。レイジくん、光りがないのに光るなんて無理だよ？　お日様が出てないとさー」

ぷーくすくす、とビビは笑っている。

「まあ見てろよ」

庭に出ると、そこは真っ暗。

家からの明かりが少しある程度で周囲は闇に包まれている。

できたての液体におれは指を入れる。

ノエラの新しい秘密基地ことテントに、指で簡単に文字を書いた。

「る!?　文字、光ってる」

「何これすごい！　明かりがほとんどないのに！」

「なるほど。先生、考えましたね」

エジルは、おれがやろうとしていることが何なのかわかったようだ。

「作ったテントに【ナイトライト】でサインか何か目印になるものを書いておけば、暗がりに行くだけで真贋が誰でも判別できます。先生が作られた物であれば、他人が真似できるはずがない。目印のデザインを真似できたても、『目印を暗がりだけで光らせる』ことはできません」

うんうん。エジルが全部説明してくれた。

「そういうことだ」

「あるじ！　すごい！」

「レイジくん……笑ってごめんね。やっぱすごいね」

現代では時計の針だったり文字盤に使われていたりする特殊な塗料だ。

夜に目を覚ましたときとか、便利なんだよな。電気をつけなくても何時かわかるから。【ワンタイム・ライト】が類似商品としてあるけど、あれは発光したら数時間で効果がなくなってしまうものだから、長く使い続ける商品には不適当だった。

区別をつけるための対策として【ナイトライト】を使うことを、おれは商工会メンバーに伝えた。

「レーくん、マジ神」

と、ポーラも絶賛のアイディアだった。

【ナイトライト】は商品化させず、テントにだけ使う薬として【撥水剤】や【プロテクトキュア】とともに作ることになった。

テントのことを広めてくれた冒険貴族のラースさんには、偽物が存在することと、新しいテントは区別がつくことをエレインから説明してもらった。

すでに購入済みの希望者には【ナイトライト】を施します、という伝言も頼んだ。

そんなふうに対策を講じると、風評被害はあっさり払拭され、発注数は以前のように増えていった。

「レイジ様、今月もたくさん依頼が届きましたわ〜！」

今月もエレインが手紙を届けてくれた。

中には依頼ではなく、丈夫で持ち運びやすく、冒険活動では重宝している、という感謝の手紙もあった。

「あとで、みんなにも読んでもらおう」

愛用者からのファンレターやお礼の手紙を寄り合い所に置くと、みんな嬉しそうに目を通すのだった。

10 アウトドアグッズ

「よぉ、薬屋」

ノエラ同様にポーションが好きなアナベルさんが、今日もポーションの受け取りにやってきた。

「おはようございます。今日は早いですね」

まだ開店前。

これから準備をしようかなと思っていたところだった。

「最近忙しそうだったから、言うのがあれだったんだけど」

「はい？」

「アタシもテント……ほしい」

声ちっちゃ。

「お金はちゃんとありますか？」

「あるよ。それくらい」

「失礼しました。じゃ、発注しておきますね。いくつですか？」

アナベルさんは、カルタの町を警備する傭兵団赤猫団の団長だ。

もしかすると訓練で使うのかもしれない。

おれが訊くと、アナベルさんはピンと人差し指を立てた。

「一個」

「……足りますか、それで」

「い、いいんだよ。一個で」

まさか……個人的に？

ノエラと一緒で秘密基地がほしいのかも。

ならばもう何も言うまい。

「大丈夫ですよ。アナベルさん。みんなその気持ちを胸に抱いているものですから」

「え？　ああ、うん……？」

あれ。なんかあんまり噛み合ってない？

「テントで何をするんですか」

「何をするっつーか……何もしねえんだ。何もしないために、っつーか」

あぁ……なるほど。

「ほら。アタシらは兵舎で暮らしてるからよ。どこに行くにしても、何するにしても団員の野郎たちの目があって……」

「一人の時間と空間がほしいんですね」

「そ、そうそう！　それだよ、それ。何だよ、話がわかるじゃねえか、薬屋」

理解者を得たアナベルさんは少し嬉しそうだった。

アナベルさん……ソロキャンがしたいんだ。

「何ニヤニヤしてんだよ」

「いやいや。気持ちはわかるなーと思って」

「そうかい？　……じゃ、とりあえず一個頼むよ。あ——くれぐれも、うちの団員たちには言わないでくれよ。絶対ついてこようとすっからな」

「了解です」

こちとら薬屋だ。

お客さんのプライバシーにかかわる部分は誰にも話さないつもりだ。

やっぱりテントっていう物が作られれば、キャンプしてみたいって思うようになるのは、なんか不思議だ。

プライベート空間って、大事だよな。

こっちに来てからそういうものがほしいと思ったことはないけど、たまーにおれもソロキャンしてみようかな。

「あるじ、さっき赤いのと何話してた」

「……とくにこれといって何も」

「るうう？」

こんなふうにノエラがおれの行動を見ていることが多いから、なかなか一人にはなれないけど。

おれが開店作業を進めていると、ミナが町に買い物に行くと言うので、テントをひとつ発注するようにお願いした。

「寄り合い所に行けばいいんですね？」

「うん。そこで言えば作ってくれると思うから」

「はーい。それでは、いってきまーす」

おれとノエラはミナを見送った。

店を開店させ、お客さんがまだまだ来そうにないので、おれは店をあとにし創薬室へ入る。

いつかソロキャンするときに必要な道具を、こっそり作っておこう。

「あるじっ。何作る？」

ノエラが扉からこっちを覗いていた。

「うわ、びっくりした。……店番しておいてって、さっき頼んだよな」

「る。でも、ノエラ、手伝う」

暇だから手伝いたいらしい。

「ポーション作ろうと思って」

「――ノエラ、きっと足手まとい。店番に戻る」

ふりん、と尻尾を翻して店のほうへ戻っていった。

「扱いやすくて助かるよ」

おれは苦笑して、作業に取りかかった。

テントがあるんだから、次に必要といえば火起こしの道具だ。

【着火剤】や火の生活石を使って燃やすんじゃなく、ちゃんと火花から着火させたい……！

あえて不便になるものを作るって、これまでに全然なかった。

火の生活石があればほんのわずかな魔力で火はつけられるし、普段の生活で不便なことは何もない。

でも、キャンプって必要最低限の装備を持って、何もないところにあえて行くってのが醍醐味だと思う。

もちろん【着火剤】があってもいいとは思うけど、なんというか、不便を楽しみたいんだ。

【ファイアスティックジェル：ジェル付着部分を凝固させ、付着箇所同士を勢いよくこすり合わせると火花を発生させられる】

できた。

「これを枝か何かに塗ってこする……と」

火花が簡単に出せるっていう寸法だ。

新薬を持って庭に出ると、ちょうどいい枝を二本見つけて、さっそく塗ってみた。

すると、すぐに塗った箇所が鉛色に変化する。触ってみると金属みたいに硬い。

これでいいんだよな……。

試しに軽くこすってみると――。

　バッッッッ！

　火花が擦った方向に向かっていくつも飛び出した。

「おっ、おぉぉ……！」

　線香花火のチリチリしたあれみたいなものが一瞬出た。

　燃え移らないように気をつけながら、おれは何度か試してみた。

「全然なくならないし、効果も落ちない。もしかして一回塗ると半永久的に使えるんじゃ……」

　これは、火の生活石に変わる新しい着火装置になれるんじゃないのか。

　火の生活石は、ミナ曰く月に二度ほど交換するらしい。

　もし料理中に切れてしまい、予備がない……なんてとき、これがあれば助かるぞ。

　思ってもみなかった形で、便利そうな薬を作ってしまった。

　まあ、火の生活石を切らさなければ、出番はないんだけど。

「赤いの、どした」

「おぉ……、薬屋、いる？」

「あるじ、ポーション作ってる。邪魔、させない……！」

「邪魔しようなんて思ってねえよ」

　そんな会話が店のほうから聞こえてきた。

いた。

「どうしたんですか、アナベルさん」

不思議に思ったおれは創薬室から店に顔を出すと、ノエラがアナベルさんに通せんぼをしていた。

「ノエラ。通せんぼはもう大丈夫だから」

「美味の味、できたっ!?」

そ、そういえば作ってなかった。

「あー……もうちょっとだけ時間がかかるかな」

「るう……わかた。ノエラ、それまで我慢する」

ごめんな、ノエラ。あとですぐ作ってあげるから。

「ええと、何か買い忘れですか？」

尋ねると、ふるふる、とアナベルさんが首を振ると、ポニーテールがゆらゆらと揺れた。

「テント、もうできた？」

「いや、そんなすぐにはできないですよ。あれ、発注してから時間かかるんですから」

「そ、そうなのか……」

ちょっとがっかりした様子だった。

「ミナに発注をお願いしてて――あ、帰ってきた」

買い物かごに食材をいくつか入れたミナがこちらへ歩いてきているところだった。

あれ？　見慣れた棒のようなものを……。

「ミナー？　テントの件、どうだった？」

「それなんですが、キャンセルが一件出てしまったようで、先にどうぞ、とこちらをいただきました」

ミナは鞄から、テントの生地を取り出した。鞄と一緒に持っていたのはフレームだった。

「よかったですね、レイジさん」

ミナが微笑むと、アナベルさんが食いついた。

「こ――――これが、あのカルタテント……！」

おぉぉ、と感激した様子だった。

「る？」

「？？」

ノエラとミナが不思議そうにするので、おれは今朝のことを説明した。

「アナベルさんも、テントがほしかったみたいなんだ」

ノエラが胸を張って得意げにする。

「赤いの、赤いの。テントは、いいぞ。とてもいいもの」

最初のモニターであるノエラが、大きくうなずく。

「狼娘、使ったことあるのか」

「ノエラ、最初。テント使ったの、ノエラが最初」

「マジかよ」

キャンセル分だから、ちょうどよかった。

買いにきていたので、お金がないなんてことはなく、おれはアナベルさんから代金を受け取る。あとで寄り合い所に持っていこう。

ミナからテントを渡されたアナベルさんが驚いていた。

「これが、テント……。めちゃくちゃ軽いんだな。すげぇ……」

こうして目の前でリアクションされるのは、やっぱり嬉しい。

おれ一人で作ったものじゃなく、みんなで作り上げたものだからなおさらだ。

「組み立て方は、難しくないので」

「わかった。シンプルだからアタシにもわかると思う。……世話んなったね」

帰ろうとするアナベルさんをおれは呼び止めた。

「あの、ちょっと待っててください」

おれは急いで創薬室に行き、さっき作ったばかりの【ファイアスティックジェル】を手にすると、戻ってアナベルさんに渡した。

「これがあれば、火の生活石なしで火をおこせます。よかったら試してみてください」

「こんなもん、いつの間に…………あ、ありがとう……」

「いえいえ、おれも興味があったんで。今度行ったら、感想聞かせてください」

うん、とうなずいたアナベルさんが、テントと【ファイアスティックジェル】を持って去っていった。

「アナベルさんも、冒険するんでしょうか……？」

と、ミナは首をかしげていた。

「一人で使いたいみたい」

「お一人で……？」

ますますわからなさそうにミナが首をかしげる。

「あるじ、ポーション、早く作る」

ノエラがそう急かすので、はいはい、とおれは創薬室に戻っていった。

11　余計なことをしゃべってしまう

畑で栽培している薬草を摘み終わり、おれは木陰で腰を下ろして休んでいた。

いい天気……。

栽培日和だ。

「あるじ。これ」

一緒に来ていたノエラが、すっと飲み物を差し出してくれた。

「まろみ水。飲む」

「ああ。【浄水薬】を使った水ね。ありがとう」

家から持ってきたものだから、少しだけぬるくなりかけていたけど、喉が渇いていたから十分うまい。

店番はエジルとミナの最強コンビだし、もうちょっとゆっくり休んでから帰ろう。

ノエラも気持ちよさそうに大の字になっている。

ぴこぴこ、とその耳が動いた。

「る?」

「どうした、ノエラ」

「騒ぎの声」

そんなの聞こえる？

耳を澄ましても全然。

「あっち」

起き上がってすたすたと走っていくノエラ。

気になったおれもあとを追いかけた。

「姐さん、やめてください！」

「うるせぇ！　非番の日にアタシがどこで何しようが勝手だろうが！」

「だからってそんなたくさん――」

ノエラが言った通り、アナベルさんと副団長のドズさん、あと数人の傭兵団員が揉めていた。

「あー！　レイジの兄貴！」

ドズさんがおれに気づくと、他の団員たちが「ちーす」と挨拶をしてくれた。

「こんにちは。どうしたんですか」

「聞いてくだせぇ、兄貴……姐さんが……」

「薬屋にいちいち報告してんじゃねぇ」

反抗期の不良娘みたいに、アナベルさんはツンツンしている。

何やら大荷物を持ってどこかへ行こうとしているようだった。

「姐さん――家出する気でしょう!?」

ドズさんが言うと、心配そうにしていた団員たちもうなずく。

「は、はぁぁぁあ!?　しねえよ、んなこと！」

ゲシ、とドズさんを蹴るアナベルさん。

アナベルさん、現代では完全に嫌われるタイプの上司だ……。

「へへへ」

でも、ドズさんが喜んでるから、これはこれでいい、のか……？

「ドズの兄貴ばっかずりーっすよ！」

「姐さん。家出するんなら、まずオレらのケツを一発ずつ蹴ってからにしてくだせぇ！」

うん。

家出したくなるのも、わからないでもないぞ。

「家出じゃねえってなんべん言やわかんだ」

はぁ、とアナベルさんはため息をつく。

背負っている鞄はパンパンに膨らんでいて、よく見るとテントのフレームらしきものが顔を覗かせている。

「あー。もしかして、キャンプですか？」

「ああ。一人になりたくてさ。こいつらがうるせえから。おちおち休めねえんだ」

見ての通りアナベルさんは慕われまくり。

傭兵団の兵舎で一日を過ごすことになれば、入れ替わり立ち代わりで部下がやってくるという。

そりゃ、一人の時間がほしくなるのもわかる。

「姐さんが一人でキャンプなんかできるはずがねえ」

ドズさんが首を振った。

「やってみねえとわかんねえだろうが！」

「わかります。ロクに料理もできねえんだ……。腹減らしてトボトボと帰ってくるところが目に浮かびます」

うんうん、と団員たちも同意する。

「……」

自分でも想像がついたのか、アナベルさんは全然否定しなかった。

「レイジの兄貴。もしお時間あったら、姐さんについていってやってくれませんか」

「――おまっ、な、何を、頼んでっ……、そ、そんなの迷惑だろうが……っ」

「赤いの、顔赤ぃ」

ノエラがさらりと指摘する。

「レイジの兄貴がついていてくれるんなら、オレたちは安心して送り出せるんでさぁ」

「だ、ダメだ、そんなの、いきなり……！　こ、心のじゅ、準備ってもんが……おまえ……」

「赤いの、何だかんだ言いながら、嫌がらない」

またノエラがさらりと指摘する。

「お願いします、レイジの兄貴。お手数だとは思いますが、姐さんの面倒、ちょっとだけ見てやってくれませんか」

「だから、おまえ……そんな、おまえ……」

ドズさんを止めようとするアナベルさんは、ちらちらとおれの様子を窺っていた。

「いいですよ。今日は営業してますけど、のんびりできそうですし」

創薬はもう済んでいるし、商品がなくなって困ることもないだろう。

「い、いいのかよ？　アタシ、ポンコツかもしんねえぞ？」

もじもじしながら自信なさげに言うアナベルさん。

「いつも自信満々の姐さんが、しおらしい」

「可愛い」

「恥ずかしがっているところもまた良き」

様子を見た団員たちがニマニマしていた。

「いいですよ。気にしません。おれもどれほど役に立つかわからないですし。そのへんは協力していきましょう」

全面的に承諾すると、ドズさんが笑った。

「レイジの兄貴にならば、姐さんを任せられます」

「「レイジの兄貴、姐さんをお願いします」」

「はい。こちらこそお世話になります」

こうして、アナベルさんのキャンプに同行することになった。

「ここらへんにしょうか」

「そうですね」

ドズさんたちとノエラと別れてから三〇分ほど歩き、おれたちは小さな湖のほとりまでやってきた。

ノエラは、『ノエラ、まだ、今日ポーション飲んでない……！』と深刻な顔で言って店へと戻っていった。摘んだ薬草も運ぶようにお願いしていた。

「えっと、まず何すんだっけ？」

「テントを立てましょうか」

「そ、そだな」

困ったときに助言してほしい、とアナベルさんに言われたので、お節介は焼かず、訊かれたことにのみ答えるようにしていた。

アナベルさんは鞄を漁って、買ったばかりのテント一式を出し、不慣れながらも組み立てていく。

「ここが……あ、こうなってんのか。そしたら……」

ぶつぶつ言いながら手を動かすと、着実にテントは完成に近づいていった。

「でも、おれがついて来てもよかったんですか？」

「えっ…………あ、ああ……うん。全然……いい」

声ちっちゃ。

おれの目線から逃げるように、テントの後ろに回り込んだアナベルさん。

一人になるためのものだから、お邪魔だったんじゃないかと思って心配だったけど、大丈夫だったようだ。

組み立てているテントに隠れたままのアナベルさんが、その作業を終えた。

「できた、のか……？」

首をかしげるので、確認してみると問題なさそうだった。

「はい。できてますよ」

「すげーな。こんなに簡単でしかも軽い」

「冒険者に使ってもらうために作ったので、そのへんはこだわりですね。雨にも負けません」

そいつぁいいや、と満足げなアナベルさん。

ごそごそ、と鞄を漁って、この前おれが渡した【ファイアスティックジェル】を取り出した。

「こいつで火がつけれるんだったな」

訊いているというよりは独り言だったので、おれは心の中でうなずいた。

「おれも薪にできそうなもの集めますよ」

「助かる」

おれたちは無言で燃えそうなものを探す。乾いた枝があったので、それをいくつか拾ってテントに戻った。

アナベルさんは枯草を拾ってきていたので、火起こしは問題ないだろう。

教えた通りに【ファイアスティックジェル】を使うアナベルさん。

枝の鉛色に変色した部分を勢いよくこする。

バッ、と火花が散って枯草に飛び、白い煙が立ち上る。

傭兵稼業をしているだけあってか、このへんは手慣れているアナベルさんは、ふーっと息を送る。すると、すぐに小さな炎が煙とともに顔を出した。

「魔力要らずでこんなに早いんだな」

アナベルさんは驚いたように火花を作り出した枝を見つめる。

「生活石って、少しだけ魔力を使うだろ？　戦う必要がないやつは生活石で十分だろうけど、そうじゃないやつからすりゃ、余計な消耗って避けたいんだ。その点、これはかなりいいよ。長時間外で活動しなくちゃいけない冒険者にも、ありがたがられるはずだ」

なるほどな。

そういう視点であの薬を見たことがなかったから、新しい意見だった。

おれは、パキ、と枝を折ってまだ小さな焚火の中に入れていった。

「ドズさんたちが心配してましたけど、大丈夫そうですね」

「アタシだって、ガキじゃねえんだよ。こんくらいはできる。あいつらが過保護なんだ」

苦笑しながら、アナベルさんは持ってきていたポーションをちびりと飲んだ。

丸太があったので、おれは焚火のそばまでそれを転がして、椅子の代わりにした。

「アナベルさんも、どうぞ。ちょっと窮屈かもですけど」

隣を叩くと、アナベルさんは首を振った。

「い、いいよ。アタシはここで」

「そうですか？」

お尻痛くならないのかな。

本人がいいって言ってるんだから、いいのか。

アナベルさんが持ってきた鞄の口が開きっぱなしだった。

……ん？　茶色くて大きな物が入ってる？

気になったおれは、じーっと見ていると、何なのかわかった。

……もしかして、あれ、ぬいぐるみなのでは。

茶色くて丸っこい耳がふたつ……大きめのクマのぬいぐるみでは。

「こうして地べたに座って焚火を見ていると、流浪の日々を思い出すよ」

懐かしげに炎を見つめているアナベルさん。

なんか過去のことに触れるタイミングっぽいけど、ぬいぐるみが気になる。

「伯爵に警備として雇われるまでは、赤猫団は、他の町に滞在したり、盗賊からその町を守ったりしながら、その日暮らしで転々としてたんだ」

焚火の様子を見ながら、枝をまた一本放り込んだ。

こんな真面目な顔で昔の話をしているのに、この人、ぬいぐるみ持ってきてるんだよなぁ。

キャンプに一番要らないと思うんだけど。

「野宿なんて当たり前で、水で空腹を満たすこともたくさんあった。風呂なんてロクに入らねえし、水浴びがときどきできりゃ上等ってもんさ」

そんなワイルドな流浪の生活をしていたのに、ぬいぐるみを持ってきちゃってる――。

なぜなのか。

寂しかったのかな。

一人を望んでいるけど、孤独は嫌い、みたいな。

アナベルさんがちびりと飲んでいるのはポーション。

雰囲気的にウイスキーだったら満点だと思った。

「バルガス伯爵とは、顔見知りだったんですか？」

「いや。たまたま今の町に滞在してて、それを知ったあの伯爵から声をかけてもらったんだ。

報酬は今までもらった中でも一、二を争うくらい安いし、何で引き受けちまったんだろうって思うときもあったっけな」

それでも、アナベルさんはカルタの町で警備の仕事を続けている。

ていうか、アナベルさんっていくつなんだろう。

ドズさんたちに姐さんって呼ばれているから、もう三〇を超して……。

「……」

冷たい目をするアナベルさんが、おれをじいっと見つめていた。

「何か変なことを考えてないかい」

「イエ、ナニモ」

「報酬は安いけど居心地は悪くないんだ。あの町は」

「わかります」

町のみんながいい人で、賑やかな町でもないから足りない物もたくさんあるけど、不思議とそれを不便に思わない。

「それで、居着いちまった。うちの野郎どもも不満はないみたいでね」

「アナベルさんがポーション飲みまくっていなければ、でしょ」

「前の話を持ち出すんじゃねえよ」

試供品を赤猫団に渡して感想をもらうことを条件に、ポーションを毎日アナベルさんに渡すようになっていった。

焚火の前でやることがないとこんな話をしてしまうんだなぁ。

普段店にいたら、しないもんな、こういう話。

そんな空気にもならないし。

「薬屋は……どうしてこの町に？　あ……話しにくかったらいいんだ。話さなくても」

無理に踏み込まない気配りをみせるアナベルさん。

「話しにくいことはないですよ」

と、前置きをしながら、ちょっとだけ考える。

転移して創薬の能力が身についていた――なんて、信じてもらえるはずもない。

そのへんは伏せてノエラとの出会いからをおれは話した。

アナベルさんは、へえ、とか、ふうん、と相槌を打ちながら聞いてくれた。

「じゃ、リンドッグ……王都リンドッグには行ったことないのかい？」

「王都はないですね」

旅なんてロクにしないから、おれが行ったことのある町はかなり限られる。

「いつか行ってみな。薬のことも、勉強になることがあるかもしれない。アタシだったら王都で店を構えて、バカ貴族どもにめちゃくちゃ高い値段で薬を売りつけるんだがな」

ククク、とアナベルさんは低い声で笑う。

「そんなこともできるはずなのに、この町にとどまってみんなのために薬を作ってるあんたは、物好きっていうか、偉いんだな」

「褒められるようなことはしてませんよ」

そんなストレートに言われると、照れる。

けど、王都か。

いつか行ってみたいな。

日本にいるときも、旅行に行く数は少ないほうだったから、行ったことがない国や町だらけだった。

「訊けねえから訊くけど……」

「ああ、はい。何ですか？」

「け。……結婚とか、すんのかい」

「へっ？」

質問が意外すぎて、すぐに反応できなかった。

これが、キャンプの魔力か？

普段、言わないような昔話を語り合って、プライベートな領域に踏み込む……。

さっきは、言いにくかったら話さなくてもいいって言ってたのに。

「あ、相手がいないですよ」

「そうかい？　選び放題かとアタシは思ってたんだが」

いやいやいやいや、とおれは強く否定した。

「そんなわけないでしょ」

いきなり何を言うんだ、この人は。

「アナベルさんだって、そういうの、ないんですか？」

お返しに訊いてみた。

「ない」

早っ。即答だ。

「アナベルさん、いい奥さんになりそうですけどね」

面倒見はいいし、傭兵団をやっていたこともあって肝も座ってそうだ。

「なっ……は？　な、殴るぞっ！」

恥ずかしそうに顔を赤くするアナベルさん。

「なんで!?　褒めたのに!?」

「うるせえ」

焚火をつついた枝で、今度は地面をつついた。

「あいつらが心配するくらい、料理はからっきしだし、買い被りすぎだ」

「覚えたらいいんですよ。最初から得意な人はいませんから」

「そ、そうかい？」

うん、とおれはうなずく。

徐々に日が傾きはじめた頃、狼モードのノエラがこっちにむかって走ってきた。

背中に鞄を背負っている。

「ぐるうー」

たぶんおれのにおいを辿ってきたんだろう。

到着すると、人型の姿に戻った。

「あるじ。ご飯の時間」

「呼びにきてくれたのか。ありがとう」

もふもふ、とノエラの頭を撫でる。

「ミナのご飯、今日も美味しそう」

「そりゃ楽しみだ」

「赤いの。これ」

鞄の中から、ノエラがパンと笹で包んだ肉料理を渡した。

「これ、食え。ミナから」

「なんだよ……。借りができちまったらしいな」

食べ物について何かあてがあったわけではないらしく、アナベルさんは素直に受け取った。

同行してくれ、とドズさんたちに頼まれたけど、アナベルさん一人でも問題があるようには思えなかった。

「じゃあ。アナベルさん。おれはここでお暇します」

「ああ。世話かけたね」

「いえ」

クマのぬいぐるみを持ってきているし、寂しいってこともないだろう。

ノエラが手を振った。

「赤いの、またな」

「おう」

おれは小さく会釈をして歩き出す。

「……結婚しねえよなそりゃ。もうしてるみてぇなもんだし」

後ろからぼそっとアナベルさんの独り言が聞こえた。

「腹減ったなー。ノエラ、飛ばしてくれるか」

「るっ。任せろ！」

狼モードになったノエラの背に乗って、おれは夕日に染まる原っぱを町へと帰っていった。

12　飲んで乗る

「ごめんくださいませ〜。わたくしが来ましたわよー！」

少しおれが席を外していると、店のほうから声がした。

「お。なんだ、エレインか。いらっしゃい」

ふふん、と得意げに肩に乗った髪の毛を払って、おれが椅子を出すのを待っている。

そこにあるだろ、椅子。

ポーラやアナベルさんたちは、長居するときは勝手にカウンターの向かいに置いてよく座っている。

大した用じゃないのかもしれないから、放っておこう。

「ノエラは今日は出かけてるぞ」

ビビの家ことと湖まで遊びに出かけている。

「ノエラさんではなく、レイジ様ですわ」

「え？　おれ？　何か買いにきたの？」

「実はわたくし、馬車で長距離を移動するのが苦手なのです」

「お尻が痛くなるから？」

「それもありますけれど……その……よく気分が悪くなって……」

いいにくそうに口ごもるエレイン。

そういや、この前スピードを出した馬車から降りたときに、酔ったって言ってたっけ。

「着いたときにはもうフラフラで、晩餐会に顔を出す余裕なんてありませんの……」

「この前もグロッキーだったもんな」

「はい……。平坦で整備されている道だけを進むのなら、まだいいのですが、場所によってはずっとガタゴト、と飛んだり跳ねたりしますの。そうなったら、もう……」

想像するだけで嫌なのか、エレインが顔をしかめている。

「一度、ノエラさんに頼んでグリ子さんに乗せてもらって空を飛んだことがありますの。怖い以前に、気分の悪さが勝ってしまって、ノエラさんやグリ子さんを心配させることになってしまいましたの……」

馬車だけでなく、乗り物全般に弱いのかな。

「もしかして、船もダメ？」

「いっっっっちばんダメですわ！」

力強い主張だった。

よっぽど苦い経験があるんだろう。

「実は、来週に港町まで行って、そこの領主が作った大型船の竣工式とパーティがありますの」

おれはこれまでの話でなんとなく予想ができた。

「まさか、パーティって船上？」

「ええ……」

エレインが遠くを見るような目をする。

苦手なエレインには地獄のようなパーティなんだろう。

「レイジ様……わたくし、あの町に行きたくありません……！」

つっても、この様子じゃ回避はできないイベントなんだろうな。

「お父様もお母様も、いつもよくしてくださる方からのご招待なので、これぱかりは欠席するわけにはいかない、と言って聞いてくれませんの」

やっぱりそうか。

貴族の繋がりっていうやつは面倒くさいなぁ。

仮病とか使っちゃえばいいのに、とおれは思ってしまう。

「よし、わかった。エレインの気分が悪くならないような薬を作ればいいんだな？」

「違いますわっ！　一体何を聞いていらしたのですっ」

ぷんぷん、と怒りはじめてしまった。

あれ。違うの？

もじもじしながら、エレインはおれをちらちらと見る。

「れ……レイジ様にも……ついてきてほしいんですの……」

「ごめん。仕事あるから、エレインだけでも楽しんできたらいいよ」

「丁寧にお断りされましたわぁ――――!」

ガガーン、とショックを受けた様子のエレイン。

「あと――一体いつになったら椅子を出してくれますのっっっ!?　わたくし、立ちっぱなしですのよ、ずっと!」

「座りたきゃ、そこに椅子があるんだから座ればいいだろ?」

頬を膨らませたままのエレインは、頑なにその場を動こうとしない。

おれは仕方なく椅子を出して、「どうぞお嬢様」と言ってやった。

「おほん。では、失礼いたしますわ」

ちょこん、と座って満足気にする。

「おれを誘いに来たんなら、もう用事はないんじゃないの?」

「ありますわ。レイジ様にご同行いただけないのなら、気分が悪くならないようにする薬を作っていただかないと」

結局そうなるのかよ。

「おれがいても、気分は悪くなると思うよ」

おれにそんな酔い止め効果なんてないし。

「……レイジ様が隣にいらっしゃれば、よ、酔ってなんていられませんもの。気も紛れますし」

そうかな?　とおれは首をかしげる。

「じゃ、ちょっと作ってみるから、待ってて」

「かしこまりましたわ」

エレインを店に残し、おれは創薬室へ入った。

おれは乗り物酔いをするほうじゃなかったからわからなかったけど、やっぱり辛いみたいだ。

しかも今回の場合だと、馬車移動で酔う、辛い。船上でパーティで揺れる、辛い。

っていう流れになるだろうから、パーティの参加はとくに気が進まなかったようだ。

「我がままお嬢様のために一肌脱ぎますか」

この世界だと、庶民は乗り物にほとんど乗らないから要望がなかったのもうなずける。

ストックしてある素材をいくつか選び、創薬スキルの手順に従い新薬を作った。

【ノンデノル：神経機能を正常に保つ効果と胃粘膜への麻酔作用があり吐き気を抑制する】

名前、そのままな新薬ができたな。

おれは苦笑しながら、新薬の入った小瓶を持って、店へ戻る。

「エレイン、できたよ」

「もうできましたの？　相変わらず早いんですのね」

新薬を作るガイドもそうだけど、創薬の早さもスキルの魅力のひとつだ。

「これを馬車や船に乗る前に飲んでほしい」

「わかりましたわ」

「試しに、グリ子に乗ってみよう」

「わ、わかりましたわ……」

おれたちは外に出て厩舎までいき、グリ子を外に出した。

「グリ子、飛んでくれるか？　エレインが、酔わないかどうか試したいんだ」

「きゅぉ」

こくこく、とグリ子はうなずいた。

「ひ、一人は嫌ですわよ。レイジ様も一緒でないと」

「おれも？　まあいいけど」

了承すると、エレインがくいっと小瓶を傾けて一気に飲む。

いい飲みっぷりだ。

おれが最初に跨り、手を取ってエレインをおれの後ろに乗せる。

「れ、レイジ様……わたくし、どこに掴まれば」

「服の裾とか？」

「情緒がありませんわっ！」

秒で却下された。

何だよ、情緒って。

結局、エレインはおれの腰にしがみついた。

「エレイン、いい？」

「はい」

グリ子のお腹を軽く踵で蹴ると、バサバサと翼を動かし、助走に入り、そして宙に浮いた。

「きゃー！　きゃー！　怖いですわぁぁぁぁぁぁぁぁああ！」

おれにぎゅっとしがみつくエレインは、絶叫系マシーンを楽しむ中学生みたいだった。

怖い……あ。さっき、酔いが勝って怖がるどころじゃなかったって言ってたな。

てことは、効いてるんだ。

「エレイン、気分はどう？」

「レイジ様をぎゅっとしてしまうなんて、わたくし、ハレンチですわぁぁぁぁあ！　ドキドキしますの！」

「いや、そういうんじゃなくて……」

酔っているかどうか訊きたいんだけど。

「グリ子、旋回したり上下に飛んでくれる？」

「きゅー」

了解ーとでも言ってそうなグリ子が、指示通りに飛ぶ。

「全然気になりませんわ。前は浮遊感のようなものがしただけで気分が悪くなったのに」

「ちゃんと効いているみたいでよかったよ」

グリ子に着陸してもらい、おれはエレインをグリ子から降ろしてあげた。

「ありがとな、グリ子」

「きゅきゅきゅぉー」

よしよし、と頭を撫でる。

降ろすタイミングで握った手を、エレインはずっと握っていた。

「ノエラさんがいない今がチャンスですの……！　レイジ様と何かしているのを見かけたらすぐに怒りますのよ？」

不満げにエレインは言う。

「そろそろ離してもらわないと――」

「お断りですわっ」

何でだよ。

「ガルゥウッ！」

獣の唸り声が聞こえると、背中にビビを乗せた狼ノエラがこっちに走ってきていた。

「わ、わわわ、ノエラちゃん、そんなスピードを出すと、おっこっちゃ――ふぎゃ!?」

ビビが振り落とされた。

「ガル、ガウウウ！」

「で、で、出ましたわぁぁぁぁ!?」

エレインがおれの周りをくるくると逃げるので、怒るノエラもおれの周りをくるくると回ることになった。

「ノエラ、ストップ」

急ブレーキをかけたノエラが、狼型から人型に戻った。

「あるじっ。マキマキとくっつくダメ！」

腕でバツマークをするノエラ。

「ちょ、ちょっとくらいいいじゃありませんの！」

「ダメ！　あるじ、ノエラのあるじ」

と言って、ノエラは一歩も譲らなかった。

「もお、ノエラさんの束縛魔！」

エレインも応酬をはじめて、キャンキャンと言い合いがはじまった。

……おれのことはいいから、ちょっとくらいビビの心配しろよ。

「今日のところは、これで帰りますわ。レイジ様、お薬、ありがたく使わせていただきます」

御機嫌よう、とエレインは馬車に乗って去っていった。

「マキマキ、油断ならない」

やれやれ、とノエラは首を振った。


後日。エレインが報告に来てくれた。

【ノンデノル】の効果は抜群で、乗り物酔いに悩まされることはなかったそうだ。エレインが乗り物酔いを克服しているのを見かけた人たちと会話をしていると、意外と同じ悩みを持っている貴族がたくさんいたという。

それを聞いたおれは、その人たちに向けて【ノンデノル】を開発すると、【ノンデノル】は貴族御用達の薬として、酔いに関する悩みを解決していったという。

13　空前のブーム

ビビの湖で遊んだことを、晩ご飯を食べながらノエラが教えてくれた。

「泳いだ。湖」

「へえ。やっぱノエラって運動神経いいよな」

「る。ノエラ、褒められた！」

狼でもあるんだから、教わらなくても泳ぐことはできるのかもしれないけど。

弓も見様見真似で上手くこなすもんな。

ノエラは、泳いであっちに行き、こっちに行き、とビビとの水泳を楽しんだという。

「ノエラさん、ビビさんがいるとはいえ、いつか溺れちゃいますよ？」

ミナは心配そうだった。

「ノエラ、溺れない」

「そうですか？」

「る」

うむうむ、と自信ありげにうなずく。

「溺れたら、大変なんですよ？」

……何で溺れるのが前提なんだろう。

「泳いだらいいんじゃないの？」

おれが疑問を投げかけると、首をかしげられた。

「泳ぐって……そんな動物やお魚みたいにできないですよ」

さも当たり前かのようにミナは言う。

「え？　ミナって泳げないの？」

「泳げませんけど……？」

きょとんとした顔をされた。

何かおかしいの？　とでも言いたそう。

「あ、そっか――」

学校の授業で習うから泳ぎ方を知っているけど、それがなかったらおれもたぶん泳げてない。

習わないんだ。

この世界の人たちは。

漁師だったり、川や湖や海の近くで育てば、遊びで泳ぎを覚えることもあるんだろう。

けど、そうでない人は、泳がなくても日々困ることはない。

実際おれも最後に泳いだのっていつだっけ？　ってレベルで泳いでいない。

「レイジさんも泳げないですよね？」

「いやいや、おれはできるよ」

「え～～～！　意外です」

何でだよ。

あ……海や川の近くで育った人じゃないと泳がないイメージなのか。

「レイジさんって、海の男だったんですね」

「そういうわけじゃないよ。でも、ミナ。もし何かがあって川に落ちちゃったらどうするの」

「溺れます」

当然かのように言われた。

もうちょっと抗おうぜ。

「だいたいの人は溺れます」

「ミナ、溺れたら、ノエラ、助ける！」

「ノエラさんありがとうございますー！」

ぎゅむう、とミナがノエラを抱きしめた。

「おれも助けようとはするけど、何かあったときのために覚えておいたほうがよくない？」

「レイジさん、わたしは、川や海に落ちる予定があるんですか？」

ドッキリを先回りしたような言い方するなよ。

「ないよ。ないけど、もし周りに誰もいなかったら死んじゃうよ」

「もう死んでますよ？」

「そうだった」

ミナってそういう意味では無敵だった。

じゃあ、別に泳げなくたっていいのか？

おれも泳げたから何か得したり助かったりしたことはないし……。

でも、もしミナが目の前で溺れたら、死んでるとか死んでないとか関係なく、おれもノエラも助けようと躊躇せずに飛び込むと思う。

「みんなそうなの？　アナベルさんやポーラや、エレインたちも」

「アナベルさんは傭兵さんなのでわかりませんけど、ポーラさんやエレインさんは、間違いなく泳げないと思いますよ」

どうやら、泳げないのは一般的なものらしい。

ビビは、湖生まれの精霊育ち、泳げるやつはだいたい友達って感じだもんな。

そういう感じってだけで、正直ビビの出自は知らないけど。

「やっぱり泳げたほうがいいって」

「そうでしょうか」

重要性を感じないらしく、ミナは首をかしげる。

メリット……。

泳げたほうがいいメリット……。

何かないか？

「ノエラ、泳ぎまくった。とても疲れた」

あ。それだ！

「ミナ」

「はい？」

「泳ぐっていうのは、腕も足もたくさん使うんだ。全身運動ってやつで」

「はぁ……？」

「——だから、すごくダイエットにいい」

コト、と持っていたスプーンを置いて、ミナが黙り込んだ。

反応を待っていると、真剣な目をして言った。

「やりましょう。泳ぎましょう」

泳ぎを教えよう、と思ったけど、もっと手っ取り早い方法があった。

「薬、作れるらしい」

「え、そうなんですか!?」

「うん。泳げるようになる薬。作れるみたいだから、今度作っておくよ」

「わかりました。レイジさん、何卒よろしくお願いいたします」

ダイエット戦士から、やたら丁寧にお願いをされた。


おれはノエラとミナを連れて、森にあるビビの湖までグリ子に乗ってやってきた。

「レイジさん、これを飲んだら本当に泳げるようになるんですか？」

おれが渡した新薬【スイット】を手にするミナは不安そうだった。

【スイット：魚類の本能入り。飲むだけで最低限の泳力が身につく】

「そのはずだよ。おれが試してもいいんだけど、元々泳げるから、意味なくて」

ノエラも同じく。

「る。る。るー」

ぽいぽい、ぽいっ、とノエラが服を脱いでいく。

ノエラはあらかじめ水着を着ていたらしく、ぱしゃぱしゃ、と湖の水を手に取って体にかけている。

「……ノエラ、一気にバシャーンって入るんじゃないんだな」

意外。

はしゃいでバシャーンって水しぶきを上げそうなのに。

ノンノン、とノエラは人差し指を振る。

「あるじ。それ、ダメ」

湖の生物を驚かせるから、とかそういう理由かな？

「ノエラの、体、驚く。心臓、きゅぅってなる」

泳ぎに関しては慎重派だったらしい。

水面からビビが顔を出した。

「やっほー。みんないらっしゃい。みんなが今日来てくれるの、ボクすごく楽しみにしてたんだ」

「泳ぐだけだから、遊ぶわけじゃないぞ？」

「どうしてすぐそういうこと言うんだよぉぉう！」

わぁん、と喚くビビ。

からかうのはこのへんにしておこう。

「レイジさん、準備万端です」

物陰で着替えたミナが、水着姿で現れた。

「ミナちゃんって色白なんだね〜。ボクといい勝負だ」

と、ビビが言うけど、なるべく見ないように努力した。

「では、飲みます」

ぐびり、とミナが【スイット】を飲んだ。

「これで痩せるんですね、レイジさんっ」

「違う違う。泳いだらな？　痩せるのは」

飲んだだけじゃ痩せねえよ。

すぐ楽しようとするんだから。

うんしょ、よいしょ、とミナが準備運動をする。

「でも、わたし以外で試すことは難しかったでしょう」

どうして？　って思ったけど、掘り下げるのはやめておいた。

「どうして？」

と、ビビが訊いた。

「だって、もし溺れてもわたしなら大丈夫ですから」

「どうして大丈夫なの？」

「こら、それ以上訊くんじゃない」

おれがビビを窘めると、「えー？　どうして？」と首をかしげるビビ。

「だって、わたし……もう死んでますから。それなら、溺れてしまっても大丈夫ですよね♪」

予想通りの回答を、ミナが明るーく言ったけど……。

「え」

ビビは真顔。

知らないんだっけ。

「え。何、何それ。どういうこと!?」

「まあ、細かいことをそんなに気にすんなよ」

「細かいことなのそれっ」

湖に入っていたノエラが騒ぐビビの肩を叩く。

「細かいこと」

断言しよった。

うちの店は、幽霊がいたり魔王がいたり精霊がいたりする不思議なメンバー構成だからなぁ。

ペットは犬や猫じゃなくてグリフォンだし。

ミナが実はもう死んでいるなんて、よそなら大ごとだろうけど、うちでは細かいことだ。

「だから肌が白いんですよ、ビビさん」

「……」

ビビが白目を剥いてブクブクと沈んでいった。

この話は夢だったたってことにしといてやろう。

「では、入ります」

足をつけているだけだったミナが、座っていた縁から離れた。

すいー。すいすいー。

平泳ぎをするミナ。

「あっ！　す、進んでますー!?　これは、泳げていると言っていいんじゃないですかー!?」

「よかった」

魚類の本能入りってあったから何かと気になったけど、草食動物が生まれてすぐ立ち上がるのと同じように、水泳が当たり前のようにできるっていう意味だったらしい。

「ミナ、競争」

「わたし、まだ慣れてないので」

きていた。

「ちょっと待ってて」

どれくらいの泳力かわからないので、教える必要があるかも、と思ったおれも水着を持って

物陰で着替えていると、じいーっとグリ子がおれを見ていた。

「何？」

「きゅお……っ」

恥ずかしそうにグリ子は目を背けた。

「泳ぐって、こういうことなんですね、レイジさーん。すごいです。気持ちいいですー」

湖のほうでミナが感嘆の声を上げている。

物陰から出ると、ノエラがおれを急かした。

「待ってってば。準備するから」

「ノエラ、負けない」

「うん。たぶんおれは負けると思うよ」

もう何年振りだろう。

「るう……。あるじ、そこ、張り合わないと、ノエラ、やる気出ない」

「いや、知らねえよ」

ミナはというと、のんびりとした平泳ぎをずっと繰り返している。

「あるじ、競争」

「こ、これで痩せるんですね、レイジさんっ！」

ミナの目的は一貫してそれだな。

おれは苦笑しながら、ノエラとレースの準備をした。

軽く泳いだけど、不思議と忘れていないもんなんだな。

「るっ!?　あるじ、もしや速い……!?」

と、警戒するノエラが、やる気を一層出した。

縁に集まったおれとノエラはミナの合図で一斉に泳ぎはじめた。

結果はほぼ同着。

手足の長さでどうにか勝負になったけど、純粋な泳力はノエラのほうが完全に上だろう。

「あるじ、やるな」

「ありがと。案外泳げた」

あー。体が早くも重い。

これは、明日は筋肉痛だな……。

14　熱中症

おれがカウンターから店の外を眺めていると、ぼんやりと陽炎が揺らいでいた。

「暑いわけだ……」

そりゃお客さんは来ないよな。

キリオドラッグは微妙に町外れにあるし、家から出るのも今日は億劫になるのもわかる。

ノエラはモフモフなのにくっついてこようとする。普段はいいけど夏場は勘弁してくれ。

汗で肌はベタつくし、飲んでも飲んでも喉が渇く。

ん？　こんな暑いのに、お客さんだ。

ふらふら、と歩いてくるのが目に入った。

わざわざこんなときにやってこなくてもいいのに。

「レイジ……」

やってきたのは、エルフのリリカだった。今にも干からびそうになっている。

「いらっしゃい。どうしたんだよ。こんな暑いのに」

リリカは店内を見回してガッカリする。

「ここは……少しも涼しくないのね……」

「悪かったな。古いんだよ。建物自体が」

涼みに来たのか？

せっかく来たんだから、ちょっとくらいもてなしてあげよう。

おれはポーラとのコラボ商品である回転式冷却器を用意した。

箱に【冷却ジェル】を入れ、その中にある鉄製の容器にぬるくなっているブドウジュースを入れる。

「何をしているの？」

「おれなりのおもてなしだよ」

回転式冷却器についているハンドルを回すと、箱の中の容器がぐるぐると回りはじめた。

コップを用意して開けた容器の中に入っているジュースを流し込む。

容器はかなり冷たく、何秒も触っていられないほどに冷え切っていた。

「どうぞ」

「ブドウ、ジュース？」

回転式冷却器の力はすさまじく、ジュースが三割ほど凍っていてシャーベットのようになっていた。

「ぬるくならないうちにどうぞ」

「え、ええ」

コップを持ったリリカの細い眉が動き、コップを傾けてジュースを飲んだ。

「あ、つ、冷たい……冷たくておいしいわ」

「すげーだろ」

作った職人さんたちに感謝だ。

「これすごいわね」

干からびた顔をしていたけど、もう元のリリカに戻った。

ちびちび、と味わうようにリリカはジュースの味と温度を楽しんでいる。

ちなみに、おれにくっつくことを拒否されたノエラは、リビングの下にある地下室にいた。

ミナのお母さんが部屋として使っていた地下室だ。

あそこはかなりひんやりしているので、ちょっとした床下収納扱いをしていた。野菜や果物も日持ちさせるために置いていたりする。

「それで、今日はどうしたの？」

「森のみんなが、この暑さでどんどん倒れていってしまっているの」

「え。それ大丈夫なの？」

「しばらく安静にしていればよくなるみたいだけれど……これは、は、流行り病じゃないかって」

リリカはすごく心配そうな顔をしている。

流行り病……。

そりゃ心配にもなるよな。

しかも夏だし、食べ物が傷むのも早い。

「レイジのところから買ったポーションを飲ませてみても、改善したようには見えないし……どうしたらいいのかと思って」

それで、森からわざわざここまで……。

「兄さんもこの暑さでダウンしてしまって、私どうしていいのかわからなくなって」

今にもリリカが泣き出しそうだった。

熱中症――。

話を聞いてそれが思い浮かんだ。

今年は例年よりも暑さが酷く、森の気温も相当高いらしい。

「森は涼しそうなイメージなんだけどな」

「ええ。ここよりはね。でも、その分みんな慣れないから」

普段涼しいから気温の上昇率に体がついていけてないってことかな。

「おれの予想が当たっていれば、流行り病じゃない」

「ほ、本当？」

「うん。安心して。でも、実際見たわけじゃないからなんとも言えないけど。たぶん、熱中症……」

だと思うんだけどなぁ……。

それなら、ポーションを飲ませても意味がないのは当たり前だ。

あれは外傷や血止めが主な効果。

効き目があったとしたら、水分としての効果しかないはずだ。

「えっ。れ、レイジ――？　い、いきなり何を言っているの!?」

恥ずかしそうにリリカが顔を赤くしている。

「何をって……熱中症だけど」

「ま、また言ったわっ。だ、ダメよ。お店でなんて」

「は？」

「だって、レイジ……まだ昼間で……」

伏し目がちのリリカは頬を朱に染めて、ちらりとおれを見てくる。

「昼間だから熱中症なんだろ？」

「また言ったわ！」

「何って熱中症――」

「こんなとこでなんて、私は嫌よ。も、もっとムードを大切にしてもらわないと。は、はじめてなんだから」

ぷい、とリリカはそっぽをむいた。

何を言っているのかさっぱりわからん。

「――ね、チューしよう、だなんて、あなた意外とプレイボーイなのね」

「熱ッ！　中ッ！　症ッ！　だッッッッ！」

ね、チューしよう――じゃねえんだよ！

からかうネタみたいな聞き間違いしやがって……。

叫んだらまた汗が出てきた。

「何よ。それ。まぎらわしい」

「症状のことを言ってたんだよ。キスをしようという誘いじゃ決してない」

ほう、とリリカは胸を撫でおろしたようだった。

「言い方を変えてほしいわ。みんな、きっと勘違いすると思う」

「しねえよ」

やれやれ、とおれは頭を振って、熱中症用の薬を作ることをリリカに伝えて創薬室に入った。

今回のことを考えると、何かおかしな症状に陥ったらポーションっていうのが常識のようだ。

何でも治るわけじゃないんだってことを、まず知ってもらう必要がある。

素材を集めて、創薬をしていった。


【緊急給水エマージェンシードリンク：飲み水以上に体内の水分吸収に優れる。発熱、発汗等が原因による脱水症状に効く】


もし熱中症ならこれが効いてくれるはず。

すぐに飲むものだから、今から持っていったところであまり効き目は薄いかもしれないけど、ないよりあったほうがマシだ。

これからもこの気温が続くかもしれないし。

一人分しかないから、とりあえず一〇人二日分くらい作っておこう。

量産作業が終わると、店へと戻った。

「リリカ。できたよ」

おれは待っていたリリカに新薬を渡す。

「……水？」

「ただの水じゃないんだ。熱中症に効く特別な水だから」

「あ。お代……」

財布を出そうとしたリリカに待ったをかけた。

「これが本当に役に立つかどうかわからないから、お代はいいよ」

「レイジってお人好しよね。私、いつか悪者に騙されないか心配だわ」

そうかな。

そもそもこれは試作品だし、効くかどうかもまだわかってないし、おれが勝手に診断して作ったものだから、料金をもらわないのは当然だろう。

「流行り病でないのなら、レイジも来てくれる？　私じゃわからないことだらけだから」

うん、とおれはうなずいた。

ミナにまず声をかけ、そのあとリビングの地下室を覗くと、ひんやりしているからかノエラが体を石の壁にくっつけて涼を取っていた。

「ノエラー？　おれ、ちょっと出かけるから、店を頼む」

「わかた」

それから、リリカに手伝ってもらって創薬室の【緊急給水エマージェンシードリンク】を荷運び用の台車に載せてもらった。これをグリ子に引いてもらう。

こうして準備が完了し、おれたちはリリカが住んでいる森へと向かった。


リリカに案内されてやってきた森は、たしかにおれが知っているものと比べて暑かった。からり、とした暑さというよりむしむしとした蒸し暑さがある。

グリ子は、森の入口で待ってもらうことにした。エルフたちに警戒されても困るから。

【緊急給水エマージェンシードリンク】を載せた台車はさっきまでグリ子が引いていたけど、今はおれが一人で引いている。

「どう……？　暑い、でしょ……？」

すでにリリカがヘロヘロだった。

どんだけ暑さに弱いんだよ。

おれは試作品の一本をリリカに渡す。

「これ飲んで。不調を訴えなくて済むはずだから」

「あ……ありがとう……」

瓶の蓋を取り、ちびちびとリリカは飲んでいった。

「ポーションよりも美味しくないわ」

「飲めないほどマズいわけじゃないだろ」

ポーションをかなり薄めたような味だから、ポーションみたいな味を期待していると残念な味に感じるはずだ。

狩りが終わったらしいエルフが一人、やっぱりヘロヘロになりながら帰ってくるのが見える。

「リリカ、これ渡してあげて」

「ええ」

近寄ったリリカが、おれを指差して【緊急給水エマージェンシードリンク】の説明をする。

エルフが小さく会釈をすると、飲みはじめた。

暑さに弱い種族なんだろうか。

「レイジは、どうして普通でいられるの？」

「どうしてって……」

暑いよ、そりゃ。おれだって。

けど、日本の夏はもっと厳しいしもっと蒸し暑い。

それに比べたら、ここは涼しいくらいだ。

「おれが生まれ育った場所は、ここよりもっともっと蒸し暑かったんだ」

「レイジが生まれた場所……」

まあ、エアコンがあったから、室内に行けばほとんど暑さは凌げたんだけど。

ガタゴト、と台車が揺れるたびに、カチャカチャと載せた薬が音を立てる。

汗をぬぐって、さらにしばらく歩くと、リリカの村にやってきた。

以前来たときは、もっと外に人がいたのに、今は誰もいない。

「なるべく日光を避けて影にいるようにしているの。そうしたら、自然とみんな家の中に」

もし症状が熱中症なら、それは正解だ。

家の中が涼しいっていうのが条件になるけど。

「中は暑くないの？」

「外に比べればマシよ」

それならよかった。

「こんなにエルフが暑さに弱い種族だなんてな……」

熱中症になった人に【緊急給水エマージェンシードリンク】を与えればよかった。

でも、全員簡単になり得る。

「ううん。【緊急給水エマージェンシードリンク】はリリカに預かってもらおうかな。何かあったときは、リリカがその人に【緊急給水エマージェンシードリンク】を飲ませてあげるっていうことで」

「いいわよ、それで」

じゃあ運ぼう。

ガラガラ、ガチャガチャ、と音を立てながら、リリカの家へ向かう。

「兄さん？　具合はどう？」

先に中に入ったリリカが、兄のクルルさんに様子を尋ねた。

「ああ。リリカ。おかえり。レイジちゃんはどうだった――？　僕に会いたがっていたかい!?」

「ええっと……全然。兄さんの名前は、一文字も出なかったわ」

「は――――んっ!?　き、傷ついた……」

やばい。顔を合わせれば絶対に面倒くさそうな展開になる――。

様子を窺わないと何とも言えない――なんて医者みたいなことを言ってしまったけど、さっき見かけたエルフがそうだったし、たぶん、体調不良の原因は、熱中症だと思うんだよなぁ。

【緊急給水エマージェンシードリンク】はここに置いて、こっそりと帰ろうかな……。

「レイジ、来ているのよ」

「えっ。レイジちゃんがっ!?」

中からリリカだけが出てくる。

う。逃げそびれた。

「ごめんなさい、玄関先で待たせてしまって。兄さんが待っているわ。診てあげてくれるかしら」

「う、うん……おじゃまします――」

家に入って、クルルさんの部屋らしき扉をリリカが開ける。

「……や、やぁ……レイジちゃん……」

ベッドでげほげほ、と咳き込むクルルさん。

……おれ、さっきのリリカとの会話聞いてるんだけど。

「……こんなところまで、はるばる、ありがとう……僕なんかのために……」

オーーーーッホン、とすさまじくわざとらしい咳払いをした。

「に、兄さん!?　さっきまではあんなに元気そうだったのに！」

元気そうだったっていうか、今もそうだよ。

「レイジ……兄さんは、流行り病だったんじゃ」

深刻そうな顔をするリリカ。

我が意を得たり、と思ったのか、クルルさんがおれの表情を窺ったのがわかる。

おれが心配してるか確認してくるなよ。

「レイジちゃん……どうやら、僕は、もう、ダメらしい……」

「大丈夫ですよ」

「自分の体のことは、自分が……一番わかってる」

「不治の病に侵された患者みたいなセリフ、やめてもらえます？」

この人は、まったく。

「リリカ。クルルさんが体調を悪くしたのって、いつ？」

「おとといよ」

もし熱中症ならもう何も問題ない。

「体中の水分が出てしまうかのような、酷い汗が出たんだ」

と、クルルさん。

脱水症状の一種だな、たぶんそれ。

「めまいと吐き気がして、もう、フラフラで」

「レイジ……兄さんは……」

心配そうにリリカが尋ねた。

「もう元気なんじゃないの？」

おれがさらりと核心を突くと、クルルさんはガバッと起き上がった。

「――そ、そんなバカな話があるかいっ!?」

いや、何で病人でいたいんだよ。

病人設定で、おれに心配してほしいっぽいな。

「レイジちゃん……僕からの最期の頼みだ……膝枕を、して、ほしい」

「嫌です。シンプルに嫌です」

「そうかい……。ありがとう、レイジちゃん。最後に会えてうれしかったよ。もし僕が死んでも、『あのとき膝枕くらいしてあげればよかった』って後悔しないようにね」

今度は罪悪感に訴える作戦かよ。

この人、本当にあの手この手だな。

「……もしっていうか、死なないですよ。この程度では」

やれやれ、とおれはため息をつく。

「【緊急給水エマージェンシードリンク】があるので、今度似たような症状が出たらすぐに飲んでください」

「久しぶりに会ったたっていうのに、どうしてこんなに冷たいんだい……レイジちゃん」

遠距離恋愛中の彼女かよ。

「そんなつもりないですよ」

「じゃあ冥途の土産に膝枕を一発やってくれたっていいじゃないか！」

「一回だ、膝枕は！　一発じゃねえ！　膝枕って何かの隠語なのか……？」

「レイジ。兄さんは、元気みたいね」

ようやくリリカも気づいてくれた。

「うん。家に入る前の二人の話、聞こえてたから。クルルさん、余裕で大丈夫なんだなって」

「失策！　僕としたことがッ!?」

クルルさんは頭を抱えた。

やっぱ元気じゃん。

「じゃあ、おれは帰りますから。リリカ、今後、クルルさんみたいに暑くて具合が悪くなった人がいたら、【緊急給水エマージェンシードリンク】を飲ませてあげて」

「ええ」

これで一件落着。

「けど、どうしてこの森がこんなに暑くなったんだろう。クルルさん、心当たりってありますか？」

いつの間にかクルルさんは起き上がって、髪の毛も上手くセットしていた。

もう仮病を使っていたことを隠す気ないんだな。

「普段、森はとっても涼しいんだ。こんなに蒸し暑かったことは今までになくてね。暑くても、冷たい風が吹き抜けるから、熱を感じにくくて」

「風、ですか？」

おれが訊くと、リリカが答えた。

「こんなに暑いのは、風の精霊のせいなんじゃないかって、ひそかに言われているわ」

「風の精霊……」

湖の精霊がいるから、いてもおかしくはないのか。

「風の精霊は、僕たちエルフに加護を与えてくださる、とてもありがたい存在なんだ。風属性の魔法が簡単に使えたりするのも、精霊様のおかげでね」

「精霊様が風を吹かせてくださらないから、森がこんなに暑いんじゃないかって」

クルルさんとリリカが説明をしてくれた。

「じゃ、原因は風の精霊なのかな。どうしたら、元のように風を吹かせてくれるんですか？」

「それが、精霊様は、普段僕たちの目の届かないところにいらっしゃるようで、姿を現すことは滅多にないんだ」

「じゃあ、簡単には頼めないんですね」

「うん。見つけられるとしたら、似たような性質を持つ他の精霊様でないと難しいはずだよ」

……あ。いる。うちの店員に。

「風の精霊様に頼んで風を吹かせてもらえば」

「そんなことができたら、誰も苦労はしないわよ」

「おれ、ちょっとあてがあるんだ。どうにかしてみるよ」

そう言って、おれは家を出ていき、グリ子が待つ入口へと急いだ。

15　風の精霊シルヴィーン

「風の精霊？」

グリ子に飛んでもらったおれは、ビビの湖へとやってきていた。

「エルフの森に風が吹かないから、慣れてないエルフたちが暑さで体調を悪くしてるんだ」

「あぁ、なるほど。シルちゃんにお願いするんだね。それで、ボクが必要だと——!?」

ビビが目を輝かせている。

おれが頼ってきたのが、嬉しかったらしい。

「シルちゃんって、風の精霊の名前？」

「そうだよ。シルヴィーンっていうんだ」

ビビは面識があるらしい。

これは期待できる。

「じゃあ、ビビならそのシルちゃんに会おうと思ったら会える？」

「まあね」

ドヤ顔だった。

「ボクしか、いないかな、レイジくんの周りだと。店番や空を飛んだり荷物運びが出来たりする存在はいるけど、精霊に会えるのは、ボクだけ……！」

引き合いに出されたグリ子が納得いかなさそうに顔をしかめている。

おれはよしよし、と首筋を撫でてあげた。

「グリ子はグリ子で、得難いんだからな？　めちゃめちゃ助かってるし」

「きゅ、きゅぉぉぉ！」

ばさばさ、とグリ子は嬉しそうに翼を動かした。

「なんでっ。その言葉をボクにも言ってよっ」

「妖精はどこに行ったら会えるわけ？」

「精霊だからっ！」

「あ。ごめん。今のは普通に間違えた」

「んもー」

頬を膨らませるビビは、おれに風の精霊シルヴィーンの居場所を教えてくれた。

「ボクみたいに森にいることはたしかなんだけど……移動しながら説明するね」

そう言うので、おれたちはグリ子に乗り込み、ビビの指示通り空を飛んでもらった。

「加護っていうのは、信仰心と引き換えに得られるものなんだよ」

と、加護についてビビが教えてくれた。

「じゃ、存在を信じたり祀ったり供え物をすれば得られる？」

「理屈の上ではね。感謝のお祭りとかやったりするのも、信仰心アピールのひとつなんだよ」

「アピールって。嫌な言い方するなよ」

「レイジくんも、湖の精霊感謝祭を開催してくれてもいいんだよ？」

「ええっと、それで風の精霊はどこにいるの？」

「話を変えないでよぅ」

きちんとツッコむことを忘れないビビだった。

「ボクみたいに湖だったり、火山だったり、それぞれの精霊の居場所は決まってるんだ。精霊の居場所を『寄る辺』って言ったりするんだけど。シルちゃんの『寄る辺』は谷底なんだ。だからきゅーちゃんがいてよかったよ」

ばっさばっさ、とグリ子は不服そうに空を飛ぶ。

ビビに指図されるのが気に食わないらしい。

きゅーちゃんって呼んでるのもビビだけで、グリ子は全然反応しない。

あとでグリ子にはご褒美の肉をあげよう。

エルフの森を通りすぎたあたりに、遠目に地面が裂けている場所があった。

「あそこだよ」

あんなところにいるんだな、風の精霊って。

姿を現すことは滅多にないって話だったけど、会いに行こうにも、ここじゃ相当難しいはずだ。

グリ子に高度を下げてもらい、おれたちは裂け目に入っていく。

底には小さな川が流れ、人けどころか動物の気配もしない。

静謐な中、小川のせせらぎだけが聞こえていた。

ほどよい場所に着陸し、ビビがあちこち見回した。

「シルちゃん、どこだろう」

「ここで間違いないの？」

「うん。友達ってわけじゃないから、最後に会ったのは、いつだったか覚えてないくらいなんだけど……」

てくてく、と谷底を歩き、風の精霊を探すビビ。

「シルちゃーん？　ボクだよ、ビビだよー。久しぶりに会いにきたよー！」

声を上げると、谷底ではよく響いた。

「精霊って、家とかあったりするの？」

ビビはいつも湖から出てきているけど、湖の底にあったりするんだろうか。

「なんていうか、概念だからね、ボクたち。『寄る辺』自体が家のようなものなんだ」

「じゃあビビ、おまえ……家、ないのか……」

可哀想。

「哀れまないでっ！　そういうものなんだよっ」

すると、一陣の風が吹き抜けた。

「あ。シルちゃん！」

…………。

「久しぶりだね。何年ぶりだっけ？」

ってビビは何もないところに話しかけている。

ビビには、見えてるのか？

「なあ、ビビ、いるのか」

「うん。シルちゃん、いるよ」

って言われても、やっぱり何も見えない。

「この人は、大丈夫な人だから。ね」

ビビが言うと、何もなかったところから、ふっと小さな男の子が姿を現した。

「うわ。いきなり……」

「この子がシルちゃん」

ビビが紹介すると、ぺこり、とシルヴィーンは行儀よく頭を下げた。

「どうも、ご丁寧に」

おれも同じように頭を下げて挨拶を返す。

「それで、シルちゃん――」

ビビが事情を説明すると、シルヴィーンは困ったように首を振った。

「え～!?　そんなことになってるんだ。だったら大変じゃないか」

何、何。何の話をしてるんだ？

「ビビ、何がどうしたって？」

「シルちゃん、精霊風邪をひいてるんだ。だから以前のようなことができなくなってるって」

精霊風邪……。

何だそれ。

精霊って風邪ひくのか？

「精霊風邪はしんどいんだよ、レイジくん……。熱は出るわ、頭は痛くなるわ、寒気はするわで、もう本当に大変なんだ」

風邪だな、それ。

間違いなく風邪だ。

「もしかして、最近妙に暑いのは、シルヴィーンが風邪をひいているせい――？」

むっと暑い空気だったのは、風がほとんど吹いていない影響……？

加護をもらっているエルフの森ほどではないにせよ、玉突き事故のように小さく悪影響が出はじめてるんじゃ……。

おれの予想は当たっているらしく、川に足をつけるビビが教えてくれた。

「精霊の加護を受けている地域を庇護地っていうんだけど、その庇護地はシルちゃんの影響を受けまくり。無関係な地域もそのおこぼれを頂戴しているから、多少の影響は出るよ」

暑いのがダメなのはビビもだったっけ。

このままじゃ、おれの町でも熱中症患者が出るだろうし、長く続けば、野菜や果物や作物にも影響が出ててしまう。

「レイジくん」

「わかったよ。作ってみるよ。精霊風邪用の薬」

「シルちゃん、もう大丈夫だよ。この人、すごいお薬作る人なんだ」

説明されたシルヴィーンが、また頭を下げた。

なんていうか、礼儀正しい。

ビビみたいに直接しゃべってくれれば楽なんだけど、精霊様に多くは望めない。

見た目だけだとノエラとそう変わらないから、余計に助けてあげたくなる。

「作ってくるから、ちょっと待ってて」

看病すると言ったビビを残して、おれはグリ子に再び飛んでもらい、店へ一旦帰ることにした。


店番をしているノエラにただいま、と言って通り過ぎる。

「る？　あるじ、急いでる？」

「え、ああ、うん。ちょっと至急新薬を作らないといけなくて」

「ノエラ、手伝う」

店番をしていてほしいけど……客は来そうにないし、いいか。

「サンキュー、助かる」

「るっ。任せろ！」

おれはノエラの頭をもふりと撫でて、一緒に創薬室へ入った。

メモをした素材をノエラが集めてくれる。

けど一種類だけ、この近辺には存在しない素材があった。

「どこにあるんだ、これ」

マギカモスっていう苔の一種らしい。

「あるじ、こんなときの、エジル」

「そうだ。おれたちにはエジルがいたんだ」

今日はバイトは休みだけど、来てくれるかな。

「おーい、エジルー？　聞こえてるかー？」

呼びかけると、転移魔法が空中に浮かび、エジルがそこから飛び出してくると、すたっと着地。

忠臣よろしく片膝をついて登場した。

「先生。どうされましたか」

「悪いな、今日休みなのに」

「いえ！　ですが、余も今少々立て込んでおりまして、あまり長居ができない状況です」

「素材の採取を頼みたいんだ」

「採取、ですか……」

エジルが困ったような顔をする。

「マギカモスっていう、苔で」

「すみません、先生。早急に対応したところなのですが、何分今日はアレの日でして」

「アレの日？」

「前世はサラリーマン？　だったと、よくわからないことをほざく頭のおかしなニンゲンが、城に攻め入ってきているのです」

うわあー!?　おれ以外にもいるんだ!?

生まれ変わったってことは、転生したのか……？

「エジル、大丈夫か？　結構強いんじゃないの？」

「ククク。先生、余を誰だと思っているのですか」

ドヤ顔のエジルにおれは言った。

「優秀なバイト」

「優秀だなんて、そんな……身に余るお言葉……ッ！」

やっぱり魔王よりも忠臣って感じがするエジルだった。

「それはさておき……。マギカモスを手に入れるのは難しい？」

「はい。急ぎでなければ軍を総動員して根こそぎ奪ってくるのですが」

「根こそぐなよ。適量でいいんだよ」

「るッ。生態系、壊す、ダメ！」

厳しいノエラの表情に、エジルの頬がゆるむ。

「麗しいノエラさん……自然のこともしっかり考えておられるとは」

「あるじ……こいつ、ダメ」

ノエラが絶望の顔で首を振っていた。

魔王城に攻め入った前世サラリーマンの話をもうちょっと訊きたいんだけど、それよりも精霊風邪のほうだ。

「ノエラさん、心配してくださるのですね。余はダメではありません。頭のおかしな男をペン、とデコピンで倒しますから」

そういう意味じゃないんだよ、エジル。

「な、な、なので、ノエラさんっ。この戦いが終わったら、余と結婚してくださいいいいいい！」

積極的に死亡フラグを立てる魔王だった。

「イヤ。無理。戦い、はじまっても、終わっても、無理」

ノエラは相変わらず取りつく島もないな。

「それより、素材。採る」

意気消沈しているエジルが、応じるはずもなかった。

「やる気が出ません……そんなことでは。余は、余は……無理とかイヤとか嫌いとか言われて、部下には舐められないように虚勢を張って、毎日毎日……」

いよいよエジルがイジけてしまった。

「あるじ……」

「ノエラ。アメとムチだよ。こういうのは」

「るう？」

ムチばっかじゃやる気も出ないよな。

「エジル。マギカモスを採取してくれたら、作りたてポーションあげるから」

「先生、そんなもので、余が喜ぶはずがないでしょう」

作りたてポーション、という単語にノエラが反応し、尻尾をわっさわっさと振っていた。

おれは声を潜めて、エジルに耳打ちをする。

「エジルにとってはそうだろうな。でも、麗しのノエラにとってはどうだろう？」

ちらり、とエジルがノエラに目をやった。

それほしい、と言わんばかりの期待の眼差しをしていた。

「――やります。いや、やらせてください！　マギカモスは、余が採取してきましょう！」

善は急げ、とエジルはさっそく転移魔法で創薬室から姿を消した。

「るぅぅ……エジル、ノエラの言うこと、聞かない」

「ノエラ。ちゃんとお願いしないと。命令してちゃ、さすがのエジルだっていい気はしないよ」

むむむ、と考え込むノエラだった。

おれはエジルの素材が届くまで、できる範囲で作業を進めていった。

エジルの城にやってきたサラリーマンは、おれが転移したように、別の世界からやってきたんだろうか。

「あるじ、これ、使う？」

ノエラが棚の中に厳重に保管してある【万能薬】を指差した。

これもこれで、なかなか作れる薬じゃない。

素材のひとつであるユニコーンの角なんて、そう簡単には手に入らないし。

「エジルが採取できなかったら、使おう」

「わかた」

ずっと大事に保管してても仕方ないし、シルヴィーンをこのままにしておけないから、もしもの場合は今回使ってしまおう。

そう思ったけど、【万能薬】の出番はなさそうだった。

またしても転移魔法が発動し、空中からエジルが現れた。

「ゼェ……ハァ、ハァ……ゼェ……、せ、先生……採ってきました……！」

転移魔法は魔王といえども消耗が激しいので、疲れるらしい。

肩で息をするエジルは、革袋をおれに渡した。

【マギカモス：ごく一部にしか群生しない苔。抽出されたエキスは霊薬の素ともなる稀少な素

材】

「おぉ～。これこれ。ありがとう、エジル！」

「はっ。先生、それで……アレのほうは」

「そう急ぐなって。こっちの用事が済んだらすぐにでも」

おれが言うと、むふっとエジルは笑った。

「先生も、ワルですねぇ」

「魔王に言われたかねえよ。……それで、攻め入ってきたっていう元サラリーマンはどうなった？」

「え？」

「限界を悟り、すごすごと逃げ去ったようですよ」

「余が手を下すまでもありませんでした。クハハハハ！　なので、ご心配には及びません！」

「あ、そう……」

エジルにとってはそのほうがいいんだろうけど、どんな人なのか話を聞きたかったな。

「あるじ、準備、できた」

「ありがとう」

助手ノエラの手伝いもあって、新薬はすぐに完成した。

【スピリットキュア：霊的存在の病や傷を癒す】

よし。

これを持って、シルヴィーンとビビのところへ戻ろう。


再びおれはグリ子に飛んでもらい、シルヴィーンとビビが待つ谷底へと戻った。

「おーい、新薬ができたぞ」

パシャパシャ、と川を蹴って遊んでいるビビに言った。

「相変わらず早いね、レイジくん」

シルヴィーンはというと、ビビの隣に座って、同じように川を蹴って遊んでいる。

具合が悪いんだよな……？

「大丈夫なのか、寝てなくて」

「んー。本当はそうしてなきゃいけないんだろうけど、久しぶりの来客が嬉しかったみたいで」

と、ビビは困ったように笑う。

気持ちがわかるからだろうな、きっと。

シルヴィーンの表情を見ていると、たしかに楽しげだ。

「ビビ、これを飲ませてやってほしい」

「了解」

【スピリットキュア】を渡すと、ビビはシルヴィーンに説明をしてくれた。

「これを飲んで大人しくしてれば、すぐに精霊風邪はよくなるからね」

おれには何を言っているのかわからないシルヴィーンだけど、その表情が少しだけ寂しそうだった。

「風邪ひいているから、心細いのかな」

「どういうこと？」

「弱気になるっていうか、誰かに構ってほしいっていうか、気にしててほしいというか」

おれも上手く説明ができない。

ビビが渡そうとしても、シルヴィーンは受け取ろうとしなかった。

「え〜。これ、お薬だよ。すぐによくなるんだよ？」

ビビが改めて説明しても、シルヴィーンはふるふる、と首を振った。

……おれは、ふとクルルさんの様子を思い出した。

クルルさんも、あの手この手でおれの注意を引こうとしてたっけ。

もしかすると、これを飲んでしまえば精霊風邪が治る、治るとみんなどこかへ行ってしまう
――って思っていたりして。

「仲いいんだろ、ビビ」

「え？　ああ、うん。そこそこ」

ビビが言っていることは聞こえるのか、ちょっと悲しそうにするシルヴィーン。

「おい、そこそことか言うなよ。目の前で。可哀想だろ」

「レイジくんだって、人のこと言えないじゃないかっ」

「おれ？　なんかしたっけ」

「友達とか友達じゃないとか、思わせぶりな態度を取って……社員にするする詐欺をしてくるし」

前半の話は、まあいい。

あんまり覚えてないけど、おれが言いそうなことだし。

「最後のやつは言った覚えないぞ。ずっとバイトだよ、ビビは。社員登用制度なんて話した記憶もないし、そのシステムを採用してないんだよ」

この精霊様は、隙あらば正社員になろうとしてくる。

……何でそんなになりたいんだよ。

てか、キリオドラッグに社員はいないんだよ。

「話がそれた。だからさ。シルヴィーンは、精霊風邪が治っちゃうとみんながもうここに現れないのが、寂しいんじゃないかってこと」

「そんなの、ボクだってずぅーっと寂しいんだよ、レイジくん！　シルちゃんだけ何で過保護なんだよぅ！」

プンスコ怒っているビビ。

同じ精霊同士なのに、おれがシルヴィーンを気遣っていることが不満らしい。

「治ってもらわないと、弊害が出るだろ？　現に、庇護地？　のエルフの森では暑さで体調を悪くする人が増えてきているんだし」

おれの話が聞こえているシルヴィーンは申し訳なさそうにする。

そういうつもりはなかったから、おれも何だか申し訳ない気分になった。

「ビビが、たまにここまで遊びに来たらいいんじゃないの？」

ぱぁぁ、とシルヴィーンが明るい表情をした。

わかりやすい精霊だな。

「えぇぇ……」

「露骨に嫌そうにすんなって。バイト増やしてあげるから」

「オッケー！」

早っ。

前々からそうだったけど、改めてビビは一人でいる時間が苦手なんだろうな。

昔は人々に持てはやされていた精霊だけあって、人から必要とされるのが嬉しいみたいだ。

「シルちゃん。そういうわけで、ボクもたまに遊びに来るから。ね。お薬飲んで、休もう」

「おれもそのときは顔を出すから。今までみたいに寂しくはならないと思うよ」

うん、とシルヴィーンが笑顔になり、薬をようやく飲んでくれた。

ふわぁ、とあくびをして、すっと姿が消えた。

「寝た？」

「たぶんね」

おほん、とビビが咳払いをした。

「レイジくん、ボクは週七でシフト入れるよ」

「毎日じゃねえか」

大学生の夏休みみたいなシフトの入り方するなよ。

そんなに要らないんだよ。

エジルもいるしビビが毎日いると、ノエラが仕事をしなくなる。

「わかった、わかった。考えとくよ」

「よろしくね！」

現実的なところでいえば、今週三日勤務のところを一日増やすくらいだな。

ビビを増やせば、エジルを減らすことになる。

そうなるとノエラに会えなくなるエジルは不満だろう。

おれは来月のシフトを頭の中で組み立てながら、ビビと一緒に谷底をあとにした。


「うわ、めっちゃ眠れた……」

朝、日差しで目が覚めた。

昨日までは寝苦しい夜だったのに、窓から涼しい風が入りすごく快適だったのだ。途中で目が覚めることもなく、汗びっしょりなんてこともなく、快適そのもの。

「たぶん、薬がシルヴィーンに効いてくれたのかな」

日差しは強いけど、むあっとするような暑さではなく、からりとした暑さだった。

たとえるなら、日本の五月くらいの空気感だろうか。

この調子なら、エルフの森も以前の涼しさを取り戻せただろう。

気になったので、おれはエルフの森へと向かった。

村では、狩りに出かけたり、水汲みや洗濯などの家事をこなしたりしているエルフを見かけた。

昨日のように家にこもって日差しを避けよう、という気配はもうなくなっている。

何よりも、庇護地らしいここは、風がよく通ってとても涼しい。

「レイジ！」

リリカが駆け寄ってきた。

「もう大丈夫みたいだな。むあっとする暑さは」

「ええ。風の精霊様には会えた？」

「うん。風邪をひいていたのが原因だったみたい。薬を作って飲んでもらったから、暑さを心配する必要はもうないと思う」

「ありがとう、レイジ。助かったわ。村を代表して、お礼を言わせて」

「いやいや。その異常が早く知ることができてよかったよ。知らないままだったら、作物の生長にも弊害が出ただろうし」

「自分の手柄なのに、謙遜するのね」

「事実だからな。クルルさんは？」

「戦っているわ。己の髭と」

また薬を買いに行かなくちゃ、とリリカは笑った。

顎鬚がめちゃめちゃ青いからなぁ、クルルさん。

エルフの森がいつも通りに戻ったことを確認したおれは、すぐに店へと戻った。

そこでは、窓から中を覗こうとしているシルヴィーンがいた。

何度かジャンプしたり、つま先立ちになったりして、どうにか覗こうとしている。

「うちに何か用？」

びくん、と肩をすくめておそるおそるといった様子でこっちを振り返った。

おれだとわかると、ぺこぺこ、と頭を下げる。

「元気になったみたいでよかったよ。風も涼しいしやっぱり精霊ってすごいんだな」

おれが褒めると、照れくさそうにシルヴィーンははにかんだ。

そして、懐から綺麗な翡翠色の石を取り出し、ずいっとこちらへ差し出した。

「これは……」

ずいずい。

「え、くれるの？」

こくこく。

「いいの？　なんか、すごく雰囲気がある重要そうなものだけど」

こくこく。

「お礼ってことかな」

こくこく。

「わざわざありがとう。もしよかったら、暇なときは遊びにおいでよ」

びっくりしたように、目を何度も瞬きさせるシルヴィーン。

「うちは、色んなのがいるから。幽霊に人狼に魔王に精霊に魔物もいる。風の精霊が混ざっても大丈夫だよ。ビビもここに定期的に来るくらいだし」

シルヴィーンはにこりと笑顔になった。

それから、手を振り、それこそ風のようにふっと姿を消した。

……綺麗な石だけど、もらってよかったのかな。

【風の結晶石：風の概念が結晶化したもの】

おいおい、めちゃめちゃすごそうな石じゃねえか。

いいのか。薬屋風情がこんなものをもらっちゃって。

用途が全然わからないぞ……。

まあ、それだけ感謝したってことなのかな。

家に入ると、ミナがキッチンで朝食を作ってくれていた。

「レイジさん、おはようございます」

「おはよう、ミナ」

「あれ、どうしたんですか、その石」

「お礼でもらったんだ」

おれはリリカの依頼からはじまった一連の騒動をミナに聞かせた。

「そうでしたか〜。では、シルヴィーンさんはもう治ったんですね。よかったです。だから涼しく感じたんでしょうか」

「たぶん」

「もうすぐできるので、ノエラさんを起こしてもらってもいいですか？」

「了解」

おれはノエラの部屋へと向かった。

廊下の窓を開けると、心地よいそよ風が入り込んだ。

おれもぐっすりだったから、ノエラが眠りこける気持ちはよくわかる。

一応レディなので、ノックをするけど、全然返事がない。

仕方なく扉を開けると、案の定ノエラはすやすやと熟睡していた。

「ポーション、作りたて」

「るっ!?」

秒で目を覚ました。今度からこれを使って起こそう。

「朝ごはんできるってさ」

「るぅ……わかた……」

眠そうに目元をこすったノエラと一緒にダイニングへと向かう。

こうして、今日も何気ない一日がはじまるのだった。


〈了〉

あとがき

こんにちは、ケンノジです。

本作ももう6巻となりました。

同じ季節の話がいくつもありますが（とくに夏）、作中の登場人物は年をとりませんし身体的な成長もしません。これはただのサザエさん方式でして、タイムリープしてるわけじゃないのでご安心ください。

さて、唐突ですが本作のアニメがはじまります！

7月7日からTOKYO MX・BS11他にて放送開始です！

動いてしゃべるノエラが本当に可愛いので、気になる方は是非ご覧ください！

アニメのPVもYouTubeにありますので、どんな雰囲気なのかだけでも見ていってください。

自分でもいまだに信じられないのが正直なところでして、色々とチェックしたり、収録現場などにお邪魔させていただいたりしたのですが、まだ実感がないですね……。あと三週間ほどで放送ははじまるんですが（6月中旬にこれを書いています）。いつになったら実感湧くんですかね。

アニメだけでなく、漫画版もこれまで通りキャラたちを可愛く仕上げていただいてます。未読の方は是非読んでみてください！

本作がこうなっているのは、一二三書房様、担当編集者様、営業様など様々な方々のご支援をいただいたからに他なりません。

改めて考えると作者の力というのは微々たるものなんだなと思うばかりです。

携わってくださったアニメ、原作、漫画の関係者様には感謝を申し上げます。


そして読者の皆さま。

ここまでついて来てくださってありがとうございます。

応援いただいた結果、アニメになります。

これからも変わらず、スローな薬屋ライフを主人公には送ってもらいますので、今後もついてきていただけると嬉しいです。


今後ともチート薬師のスローライフをよろしくお願いいたします。

ケンノジ

神域の魔法使い
好評連載中！
雷帝と呼ばれた最強冒険者、
魔術学院に入学して一切の遠慮なく無双する
好評連載中！
-話題のコミック、順次連載スタート-
コミックノヴァ新創刊
COMIC
NOVA
ノヴァ

コミックポルカ
COMICPOLCA
pixivコミック
ニコニコ漫画
マンガBANG!
上記サイトにて
好評連載中!!
話題のコミカライズ作品続々掲載!
毎週更新
日曜
©長野文三郎 ©新堂アラタ ©しぶや大根 ©雨宮ユウ ©キシマカズオミ ©sumire
©森嶋稷 ©げみ ©sumie ©SANKYO ©一二三書房

BRAVENOVEL
ブレイブ文庫

チート薬師のスローライフ 6
～異世界に作ろうドラッグストア～

2021年6月30日　初版第一刷発行

著　者　ケンノジ

発行人　長谷川　洋

発行・発売　株式会社一二三書房
東京都千代田区一ツ橋2-4-3
光文恒産ビル8F
03-3265-1881

印刷所　中央精版印刷株式会社

ISBN 978-4-89199-718-2